KB118061

무릎이 무르팍이 되기까지
이문숙 시집

문학동네시인선 089 이문숙
무릎이 무르팍이 되기까지

시인의 말

말잇기 놀이할래
나에겐 갑갑어

그것이 혀 위 말이든
상상 속 물고기든

온천국자전거미술잔디질래?
민들레몬스터미널뛰기린

섬말다리가 있으면
있었으면

그 다리에 목을 걸치고
갑갑어를 꿀꺽꿀꺽 토해냈으면

그 위로 흰말채나무 한 그루
흔들렸으면

2016년 겨울
이문숙

차례

2부 무릎이 무릇 무르팍이 되기까지

4부 언제나 빙글빙글

1부
하얀 윤곽의 사람

톱상고래의 시간

스튜디오를 지나가다 증명사진을 찍었다

3월에 실로 오랜만에 귀를 드러내니
세상의 소리가 들렸다

10월에는 싸리비 한 자루와 쓰레받기가 전부인 남자를 쫓
아다녔다
톱상무늬 나뭇잎을 쫓는 톱상고래
오토바이를 따라
낙엽들이 일어섰다 주저앉는다

매일 지나가는 쥬디퍼 미니어처 카페
창가에 진열되어 있는 소인국 의자에 앉아
종일 햇볕을 쬔다
언제나 지연되는 사물들

8월에는 아이 리딩 센터 간판 속 올빼미를 자세히
들여다보았다
그 눈 속에서 검은 몸체의 톱상고래가
가지런한 이빨을 드러낸다

4월은 가늘가늘하다
노랑 가재미 새꼬시처럼

이곳으로 내려온다

6월에는 유난히
참담이라는 말과 참람이라는 말이 헷갈린다
참람이라는 말이 나는 더 좋아라고
그에게 말했는데 그는
공원에 마가목이 죽어가라고 답했다
람람람 물들이 찰랑인다

마가목에 물을 주러 매일 갔다
간이화장실에서 손에 물을 받아
돌아보면 물이 뚝뚝 떨어진 자리가 한길을 이루었다

1층 노인이 이불을 탈탈 턴다
위를 반쯤 잘라낸 그 앞에 놓인 밥 한 그릇과
변색한 은수저 한 벌

드르륵 전기톱으로 공원 관리사들이
마가목을 벌목한다

누군가
올빼미의 눈을 까맣게 지워버렸다
의류 수거함에서 하얀 옷들이 흘러내린다

톱상고래란 본래 없다
톱상어로 세계를 뚫으니
부드러운 밍크고래가 왔다

기화되는 여자

그녀는 나를 빤히 바라보며
어떤 쌍것이 나를 꼬질러바쳤다고
고작 화장실에서 담배 한 대 태웠다고

맹세코 그런 적 없는 내가
그 흘끔거림과 동시에 링거를 매달고
간다 댕그랑 간다
누구 만나러 가는 척
목마른 척
오물 처리실에 볼일 보는 척

그렇게 했다면
단연코 내가 그렇게 했다면
그녀의 입 끝에서 기꺼이 타들어가는 담배가 되어도 좋아
다짐하던 내가

누가 화장실에서 담배를 피피피네요
지금 당장 가서 현장을 발발발각하자고

그렇게 당직 간호사와 급습한
화장실 뿌연 연기 속
변기에 쪼그리고 앉아 조금씩 세계 밖으로
지워지는 그녀가 있다

이미 반은 딴 세상에 가버린
기화되는 그녀를

불나서 죽고 싶어요
몇 번 경고했어요
여기가 어디라고
지금 당장 짐을 싸요 싸

단언컨대 그럴 리 없는 내가
덜 닦인 핏자국 선명한 벽인 척 아닌 척
잠에 빠진 척
약봉지 속 안정제인 척
척척척척척

아무런 근거 없이 나를 지목하는
그녀 앞에선
나는 쉽게 고발자가 된다

결단코 그럴 리 없는 내가
단연코 내가
그녀의 흘끔거리는 눈길이 시키는 대로

그녀가 담배를 태태태태

어서 와서 현장을 덮쳐쳐쳐쳐
당장 내쫓쫓쫓

볼펜 자국

아무것도 먹지 못했는데
샛노란 오줌이 쪼록거리며 나온다
컵에 담아 바라본다

아무래도 내 것 같질 않다
전혀 다른 빛깔 다른 장소에서
딸기 속 흰 꽃을 보듯이

병리사 그녀의 하얀 가운에 가느다랗고 기다란
볼펜 자국이 희미하게 나 있다
그게 일어선 듯이

몸속에 한차례 교란이 있다
가느다랗고 기다랗게
직박구리가 한 바퀴 도는 듯한

오줌 반 컵은 족히 돼야 검사가 가능하다는
그녀의 툭툭거리는 말을 따라
텅텅거리는

이런 삶의 복도 같은 게 있다
그곳을 휘도는 가느다랗고 기다란

열흘을 아무것도 먹은 게 없는데
쪼르륵 몸을 돌아나오는 게 있다

죽자고 살자고
앞발을 펄쩍 들며 일어나는 무언가
사자 눈알의 샛노랗고 이그르한

여기 직박구리 긴 부리가 있다
빈 나무 쪼가릴 텅텅거리며

그녀의 가운에서 가느다랗고 길게
뻗어가는
붉은 딸기가 감춘 흰 꽃의

쫄쫄거리다가 피어나는 어떤 게
있다
어렵사리 있다

호른이라는 악기

그녀는 아주 명랑하다
배변이 어렵다면서
어제도 피 한 그릇은 쏟았다면서
언제나 밥 한 그릇을 뚝딱 비운다

남은 환자들이 깨작거리다 남긴 밥을
봉지에 담아
냉동실에 꽝꽝 얼려둔다
누가 병문안이라도 오면
전자레인지에 돌려
갓 밥을 지어 내온 듯 먹으라 권한다

그녀의 배에는 관이 박혀 있다
창자 일부를 잘라낸 그곳에
호른 같은 게 박혀 있다
사람들은 거기서 그녀의 명랑함이 나온다고 생각한다

그런 그녀도 한밤중이 되면
침상 사이 커튼을 치고 어디론가 전화를 건다

자고 있니
나는 지금 나는 옥상에 가는 중이야
걱정 안 해도 돼

나는 아주 맘이 편하다

그녀는 침상에 그렇게 누워 있다
주차장 바닥에 누워 있던 하얀
윤곽의 사람

동이 트자마자
부리나케 쫓아온 자식들에게
그녀는 밤과는 달리
아주 아름다운 호른의 말을 건넨다

다른 병자들의 밥을 거두어 얼린
밥을 다정하게 나눠 먹는다
그것이 간밤에 말한 옥상이라는 듯이

가끔은 의사 몰래 환자복을 벗고 외출을 한다
그곳이 명랑함의 무도회인지 모르겠지만

그러고 보니
시멘트 바닥의 하얀 사람이
일어나서 걸어나간다

벨을 누른다

집에 혼자 있는데 누군가 벨을 누른다
인어 남자가 하룻밤 재워달라고
걸망에는 물살로 짠 비단을 지고

다음날 인어 남자는 고맙다고
그릇 하나를 달라 그런다
집에서 가장 예쁜 그릇을

인어 남자는 그 그릇에 대고
눈물을 쥐어짠다
짤랑 떨어지는 진주알 두 개

이것으로 붉은 고깃덩이를 사고
번쩍거리는 팔찌를 사라고

남자가 떠난 뒤 나는 그걸
꼬깃꼬깃 숨겨둔다

다음날 나는 지하철을 두 번 갈아타고 친구가 하는
금속 상가에 가 감정을 한다
친구는 이걸 어디다 보관했느냐고
다 가짜라고 그런다

인어 남자는
왜 나에게 당부하지 않았던 것일까
꼭 이걸 밝은 빛 속에 봐둬야 된다고

먼바다에는 적조가 왔다 한다
앵무조개들은 폐사하고
참돔은 솟지 않고
바닷속에는 빛이 들지 않는다 한다

인어 남자는 물거품으로 스러졌다 한다
그로부터
영혼의 방에는 빛이 들지
않았다 한다

투어 버스

내가 아는 사람 중에
형천(形川)이란 자가 있다

그는 세상의 모든 전투에 가담하였다
모든 천착 끝에 머리를 잘렸다

눈 없으니 볼 수 없고
입 없으니 말하지 못한다
그래서 젖꼭지를 눈으로 바꿔 달았다
배꼽을 입으로

그는 세계를 섭렵하고
오지를 탐험하고
개털원숭이와 대화도 나눠서
모든 언어에 능통하다 한다
세상의 장광설을 다 되뇔 수 있다고 한다

머리가 없으니 그가 누구인지를 알아보는
사람은 없다
눈과 입 또한 옷 속에 감췄으니
그가 무얼 꿰뚫어보는지
지껄이는지 알 수 없다

세상에서 가장 번쩍거리는 방패와 도끼를 휘두르는   —
머리 없는 훤훤장부

무엇을 보든
젖꼭지가 호기심으로 볼록하다
배꼽이 아 하고 벌어진다

그 빛에
긴꼬리여우가 눈 속에서 빙빙 돌다 쓰러졌다
털에 맺힌 얼음이 버석거렸다
마침내 그곳에는 능란한 언어의 유희가 사라졌다

하얀 질료의
무한한 두루마리가 펼쳐져

도시의 첨탑이 솟고
전깃줄이 윙윙거리고
투어 버스가 달리고

삼각 김밥 속 소녀

임산부들이 통통한 복어들처럼 걸어간다 처녀들은 화분을 들고 껑껑거리며 간다 1월 초순인데 10월 국화를 들고 간다 삼각 김밥 속에서 소녀들이 까르르 웃는다

양수가 갑자기 터지면 남편은 당장 달려올까요 주근깨 여자가 묻는다 그런 일은 거의 없을 거예요 그냥 출산 예정일을 믿어요 예정일은 예정에 불과하다 오지 않아서 언제 올지 모르니까 가을에 예정된 국화는 벌써 저기 들려가고 있다

기름이 줄줄 흐르는 녹두전을 덥석 베어 물며 여자가 말한다 어쨌든 남편이 탯줄을 끊어줘야 하는 분만법이잖아요 남편은 꼭 와야 되겠죠 그러며 배를 왼손으로 받치고 동시에 같은 동작으로 웃는다 촉진제를 맞고 활짝 핀 국화는 녹두전보다 노래서 더 둥그렇고 파삭하고 완벽하다

가게 형광등 한쪽이 까맣게 죽어 있다 그 여자들의 대화처럼 엉덩이를 찰싹 때려서 폐호흡으로 바꾸는 건 거대한 폭력이라지만 그렇지만 생각을 바꿔보면 그렇게 태어난 우리는 다 잘살고 있다 아빠가 탯줄을 끊지 않아도 엄마의 숨소리를 듣지 못하고 분리되었어도

쫙 올 나간 스타킹을 신은 삼각 김밥 속 소녀들 시간을 거슬러 핀 국화가 녹두전보다 더 고소하다 사각사각하고 물컹

대지 않는다 더이상 껑껑거릴 필요가 없으니까 아무때나 확 ⎺
피어버리면 되니까 보란듯이 올이 나가면 그만이니까

썸머드림

수로 마른 수로에 철사 토막이 수없이 널려 있다 자세히 보니 지렁이들이다 수로 쪽으로 등이 휘는 상수리 옥탑 그늘, 가을을 보러 왔다가 지렁이를 보고 스트로브잣나무를 보러 왔다가 상수리를 본다 갈대를 보러 왔다가 황매를 본다

가을이 벗어버린 신발, 발톱 하나가 빠졌을 때 불균형, 마감이 잘 되지 않아 부스스 일어나는 초미의 단청, 손가락 부상에서 손가락 경화증으로 다시 재활한 피아니스트의 미혹과 같은

결국 이 불화를 당신께 바칩니다 결국 대추나무는 소생하지 못했네요 그렇게 소명했건만 그 자리에는 썸머드림이라는 장미가 껑충하게 자라 딱 한 개의 잎을 피웠네요

되지빠귀가 지렁이를 쪼는 걸 보러 왔다가 갯버들을, 붉은머리오목눈이를 보러 왔다가 노랑눈썹솔새 파르르 일렁이는 털을 본다 수로에 가득한 철사 토막을 본다 타래붓을 보러 왔다가 흰가시광대버섯을 본다

태영미용실은 지하에서 지상으로 이사를 하고 수건들은 고슬거리며 잘 마른다 머리가 갑자기 새까매진 할머니들이 가지를 말리고 들깨를 털고 토란 줄기를 넌다 이 식물도 영생을 얻어 재활 센터에 가려다가 요양원에 온다 점심 식판

을 앞에 둔 할머니들이 턱받이개를 두르고 씽씽하게 졸아 ⎯
댄다

  독일의 슈바빙에는 영혼이라는 단어와 발음도 철자도 같
은 바게트 모양의 빵이 있다 영혼은 도대체 어떤 맛일까 겉
은 파삭하고 안은 촉촉하여 혓바늘이 솟을까 이 불쾌하게
쫄깃거리는 식감은 어디서 오는 것일까

  물 가득 들어 있는 수세미를 말리려다 그 대신 아무 쓸모
없는 꽃사과를 나포해온다 쪼글쪼글해질 때까지 손가락을
물에 담가본다 철사 토막이 다시 지렁이가 되어 구물구물하
기까지 흰건반 검은건반이 물의 차가운 뇌수를 부수고 별
보는 8백 살 잉어가 되기까지

⎯

나연(然)을 찾아서

1초가 다급해라고 말하려는 게
암초라고 말해버렸다
내친김에 나 살아 있소 외쳐보았다
옆에 있던 동료가 나연이 살았어라고 되물었다
다른 사람이 눈이 동그래지며 나연이가
죽었어요?라고 물었다

가끔 내가 살아 있는지 궁금하면
그곳을 빠져나와 아무 길이나 걸어본다
다리 한 짝이라도 뜯어먹을 기세로
사자가 아가리를 따악 벌리고 버티고 있는
이 원형극장 밖으로

비현실적으로 환하고 웅성거리는 거리
길을 걷다 나연아 하고 불러본다
그러면 서너 사람은 반드시 돌아본다
모두 다 나연이는 아니겠지만
아는 이름이어서 아는 친구여서

나연이를 여자일 거라고 생각했는데
나현이거나 나훈일 수도 있는 남자도 돌아본다

그 속으로 나연이는 아무 상관없다는 듯

초연하게 걸어가고 있다 머리카락을 나부끼며
팔랑팔랑 날렵하게

눈 그친 아주 응축된 저녁
김구이 노점을 지나간다

어느 날은 순한 고라니가 백리향 이파리를 썹듯
또 어느 날은 아서원이라는 중국집 원숭이처럼 떠들다가
그리고 또다른 어느 날은 홍학 속 백학처럼

설해용 모래함에서 반짝거리며
나연이가 흘러나온다

가끔은 지하철을 타고
유실물 보관소에 들러 나연이를 찾아본다

나연이를 위해 목공방에서 책상을 짜고
운전 교습소에서 나연이를 위한 운전을 배운다

달팽이관

어떤 안테나가 머리 꼭대기에서 갸르렁댄다
유리창에 걸린 꼼짝 않던 옷들

삼정보세는 만물상이다 심지어
박제 전갈과 바퀴벌레까지 갖추고 있다

밸런타인데이에 준비한 특별 선물이에요
쓰레기 같은 지난 사랑에게 주세요
정교한 동굴을 떠올리는 멋진 거미줄과 함께

목사리를 당기며 버둥대는 흰 개를 보면 저만치
자기를 닮은 개가 목사리에 끌려가고 있다
만류와 매료 사이

삼정보세의 물건들도 한때는 주인을 가졌을 것이다
저렇게 다리를 뻗대며

가게 앞 포개진 의자를 분리해 잠시 앉아보니
무릎 위에 둥근 평원이 다져져 있다

육교에서 본 달의 해저 터널
그 해수가 갸릉거리며 내뱉은 혹등고래
삼정보세에는 그 허밍조차

갖춰져 있어

그냥 지나칠 수 없다
분리했던 의자를 다시 포개놓고

이건 조개의 식탁
이건 산호의 반찬
입어도 보고 걸쳐도 보는
삼정보세는 다양한 목사리조차 구비되어 있다
귓속에서 웅웅거리는
이명조차

지나가다보면 들러볼 수밖에 없다
무언가를 뒤적대며

산후안의 날

슈퍼 문이 떴다
6월 23일 저녁 7시 37분에 떠올라
정확히 55분 뒤 8시 32분에 가장 컸다
지구에 가장 가까이 근접했다

스페인에서 30년 넘게 거기 사는 친구 수스
말을 빌리자면 슈퍼 문이 뜨는 날
그곳에서는 이날을 산후안의 날이라고 부른다고 한다
그날에는 집안에 있던 가장 오래된 물건을 태우며
소원을 빈다고 한다

시집올 때 혼수만한 달
너는 그날 무얼 태우니 나는 묻지 못했다
대신 너는 무얼 태울 거니 나에게 물었다

나는 어제 배운 대로 뭇국을 끓인다
가능한 한 무는 얇게 썰어야 한다
물이 팔팔 끓을 때 무를 넣어야 비린내가 안 난다

그동안
머릿속에서 끓어넘치는 하얗고 텅 빈
갈가마귀 나는 벌판에 첫서리
저녁을 더듬거리며 오는 흰 지팡이

55분이면 충분히 물이 끓고도 졸아붙을 시간이다
나는 거품을 숟가락으로 걷어낸다
그래야만 뭇국은 맑고 시원할 것이다

나는 결국 아무것도 태우지 못할 것 같다
슈퍼 문만 바라보다
그냥 이 납작납작 썰린 저녁이 다
지나갈 듯하다

수스에게서 다시 전화가 온다
네가 소원을 빌지 못했다면 네 소원을 말하라고
이곳에 슈퍼 문이 뜨면 네 소원을 들고 가서
대신 말하겠다고

갑작스러운 약속으로 그는 외출을 하고
식탁 위의 뭇국이 식어간다

나는 저 슈퍼 문이 아니어도 오래전 그 불구덩이에
모든 걸 다 던졌다

모아뒀던 수년치 월급봉투들
그 덕에 집도 짓고 땅도 샀다

그 땅은 다 날아갔다 진흙의 습지를 대출하고
안락의 분화구를 연체하느라

그렇게 슈퍼 문은 지고
지구에 가장 근접해 아파트 바로 꼭대기에
떠 있던 그 훤한 허구렁 속
다 던졌다

개수대에 무(無)가 흩어졌다

2부

무릎이 무릇 무르팍이 되기까지

밤의 수공예점

곤줄박이가 잣을 떨어뜨리고
도토리는 투툭 벗어놓은 신발 속으로
들어간다

그 신발을 끌고
양지마을을 다 돌아다닌다
홈플러스 해성슈퍼 홈마트
오늘은 15일이라 모든 마트가 휴점

간신히 진로할인마트에서 장보고표 청해리 미역을 발견
하고
그러다 오뚜기표 미역 50g을 산다

헬리콥터 한 대가 떠간다
굉음이 지붕 위로 떨어진다

어떤 작전은 늘 개시중
명중한 목표는 가파르게 굉음으로 전해진다
손아귀에 매달린 달랑 미역 한 봉지

'오늘 목표는 고작 미역
한 봉지더랬습니다'

'미미'라고 불리고도 모자란
동료의 턱 아래 숨겨진 상처를 엿보았습니다

그래서
그 말소리 같은 밤의 수공예점을 지나다
괜히 오뚜기표 미역 한 봉지가
사고 싶어졌더랬습니다

헬리콥터가 바로 머리 위에 간다
만일 저것이 추락한다면

미역은 흩어지고
온 바다가 깨지고
결코 양지마을은 없다

장보고표 청해리 미역 말고
오직 머리로 쾅 떨어지는 오뚜기표

잠만 자실 분

신발끈을 고쳐 묶다 하루가 다 소모된다 현관 층계참 횡단
보도 스키드 마크 환기 통풍구 위에 서서 묶고 풀었다 발꿈
치 삐걱였고 발등 욱신거렸다 칠엽수 노란 그늘이 발등으로
내려온다 저 칠엽수 얼마나 붉어져야 곤두박이할 수 있는지
곤줄박이 휙 지나가고 그는 열 개의 줄을 주렁주렁 매단다
어떤 잠이 덮쳐와 혼수 속에서 눈만 뜨면 헛소리를 뱉는다

신발끈을 풀렀다 다시 맨다 햇볕은 뜨겁고 욕창은 번진다
거뭇거뭇한 그림자들 발등을 덮는다 콧속에 들어간 줄이 손
발을 결박한 위장까지 간 줄이 소변 줄이 심장 박동과 호흡
수를 재는 줄이

그는 가끔 눈을 뜨고 속삭인다 이 줄을 다 뽑아다오 나는
무엇보다 긴 식도와 창자가 내 안에 있다는 걸 안다 그 모
든 것이 어느 날 치워지고 텅 빈 침대 위 구겨진 시트 한 장
달랑 놓여 있으리라는 걸 뒤척임과 파랑과 파탄 쇠락이 흐
릿한 냄새들이 고여 있었다는 걸 그것이 서서히 공기 속에
뒤섞여 사라지리라는 걸 째깍거리는 시계와 투약과 투쟁과
머뭇거림이

이 줄을 뽑아다오 그는 쉴새없이 소리지른다 줄에 매달린
사람들이 유리를 닦고 고공에서 스르르 미끄러져 지상으로
내려온다 거기 지하도 있었다는 걸 벌써 흙들은 그를 삼킬

준비를 하고 있다는 걸 장딴지가 허물어져 하나의 긴 뼈로 ⎯
고정되는 이 줄을 내가 뽑을 수 없다는 걸 거기 췌장 허파꽈
리 림프샘 회백질 뇌

긴 줄 긴 기차는 운정 금릉 새꽃 쇠말을 빙글빙글 간다 가
파른 계단 쇠스랑과 삽과 도리깨 농약을 마시고 쓰러진 그
를 누이고 정신 차리세요 줄을 놓으면 안 된다구요 안안안안

신발끈을 풀고 조이고 풀고 조인다 발꿈치가 삐꺽인다 복
사뼈가 신발에 닿는다 콕콕 찌르는 곤줄박이의 잣송이 잣송
이는 얼마나 벌어져야 여기 떨어져 구를 수 있는지 언제 저
곳으로 튕겨서 건너뛸 수 있는지 그는 틈만 나면 어서 줄을
뽑으라고 내게 속삭인다

줄들이 뱅글뱅글 소변 줄이 링거 줄이 산소 줄이 밥줄이
빙글빙글 머리 위의 가체 비비꼬인 이 줄 정신줄 신경줄 이
무거운 트레머리를 오는 길에 '잠만 자실 분' 방을 구해놓고
그를 그곳까지 모셔다드리고 나는 도망을 온다 이곳은 부엌
도 딸려 있지 않아요 그릇이 필요 없으니 누구도 뜨거운 육
수 국물을 끓이지는 않아요 오직 잠만 주무실 분만 원합니
다 모든 줄을 뽑고 신발끈을 푼다

⎯

사려니숲

　오랜만에 그곳 익숙하고 반가운 그 얼굴들은 나에게 묻는다 '너는 엄마 있니'라고 사려니숲처럼 나는 기어들어갈 듯 답한다

　엄마는 돌아가셨어요 7년하고도 서른하루 전 그러나 저에게도 엄마는 '거의' 많이 있었어요 그 그녀 어릿광대 교수 사기꾼 평론가 교열인 불한당 파락호 기타 등등 그들은 저를 입양하고 현실 엄마보다 더 많은 걸 먹이고 입히고 주입하고 지금은 제가 싫은가봐요 저를 버렸어요 저의 무게는 믿을 수 없게 줄어들고 주글주글해졌어요 얼음 속에 박힌 바늘 눈빛에는 어떤 사랑의 옹졸함도 보이지 않아요 그게 다예요

　저보고 좀 투덜투덜하래요 늘 불만 없는 인종을 멈추고 그러나 목소리는 불안한 다리로 가설로 늘 흔들렸죠 야경이 전 세계적으로 아름답다는 어떤 대교 아래서 저는 불안의 짜파게티를 끓여 입에 가득 물고 우물거려요 저에게도 많은 엄마가 있긴 있었다구요

　그중의 한 그 그녀는 극야박물관을 방문중이고 아주 멋진 모자를 쓰고 이 기근의 땅을 꼭 정시에 가로질러 가죠 광장에는 귀를 막고 소리지르는 난청의 나무들만 서 있었어요 이건 지라시 같고 이건 우둔한 시 같고 점잖은 공식 석상에

서 써서 안 되는 유행어 물갈퀴 같고 이건 이중장부 같고 정 ⎯
리벽 있는 완벽한 좀도둑 같고 그런 차림으로 가짜 보석을
훔치고 내 눈에 박으니 훌륭하고 미흡한 관점이 되었어요
눈먼 전망대가 되었어요

　한때 엄마였던 그 그녀가 위조 모피를 두르고 이곳은 너무
따뜻해 어서 내 품으로 오렴 속삭이네요 그래도 나는 거길
더듬더듬 떠났어요 거기서 정말 혼자 혼자인 오로라를 보고
요 그곳에도 난독증을 앓는 아이가 있나요

　'서두르는 바람에 불 끄는 걸 잊었어'
　'서람불잊' 이게 무슨 뜻인가요

눈의 쇼윈도

암중모색으로 내린 눈은 무대공포증의 광대에겐 더 많은
환시를 요구한다

눈빛의 조명 아래선 메뚜기도 쇠논병아리도 땅다람쥐도
말코손바닥사슴도 더듬거린다 눈을 뻔질나게 발품 팔아 생
필품을 구하는 장사치가 돼야 한다 흡수굴 호수에 열매를
숨기고 물고기 사냥을 하고 독 없는 흰 꽃만 채집해야 한다

밤의 휴식 없이 낮의 채찍만 요구된다 낮의 지속에 대한
영원한 승인 눈이 백색 안대를 우리 눈 위에 씌워준다

고케시 손발 없는 원형 몸통의 목각인형
주머니에 손을 압착하고 발을 땅에 심어 돌무화과라도 심
으려면
손발의 잔혹사를 다시 써야 한다

먹긴 싫지만 눈요기로 말차와 화과자라도 구경하러 환상
백화점에 가야 한다
눈의 쇼윈도에 전시된 정교한 이파리와 세포
흡수굴의 흡수

백색 눈 온다 청색 눈 온다 무색의 눈 온다 날마다 새로운
물질로 바뀌는 피부 심장

눈의 광대뼈가 도드라지는
거리의 전광판에서

눈 온다 펄펄 찍찍 싸르르
픽 하고 터지는
눈눈누누누누눈

발은 날렵하고 쌩하게

그곳에 갔다 발은 날렵하고 쌩하게
그의 어머니는 사진 속에서 씽긋하고
아내를 기억 못하는 그의 아버지는
흰 구름을 안고 비칠 않으신다

그는 진통중인 아내 곁에 있어
여기 없다

찔금 웃고 떠들어도
삶이란 잡역부는 자꾸 화환을 늘어놓고
편육 덩이는 굳는다

어떤 나라에서는 새 요리를 먹을 때
Y자 모양의 뼈를 둘이 잡아당겨 긴 쪽을 가진 자가
행운을 가져간다 한다

국물 속에 빠진 혀는 붉고 두툼하다

지금 두둥두둥 오고 있는 아기가 긴 쪽을 가져간다
Y자 모양의 갈림길

그는 가고 그는 온다

간신히
췌장이라는 말을 발음하려는 혀
초췌라는 말을 발음하려는
뾰죽한 이

바랜 바지 올에 가느다랗게 드러난 발목
사진 속의 아내를 까맣게 지운
천백 살의 늙은
아기

발원지를 되돌릴 수 없이

라쥐니쉬*가 율동공원을 지나간다
뺨에는 아주 멋진 점이 있다
그 점을 발원지로
수염이 구불거리며 흘러나오고

나는 그 점이 탐나 어느 날 그에게 간청을 했다
나의 올빼미 우산과 그 점을 맞바꾸자고
그랬더니 흔쾌히 그 점을 내게 내준다

그런데 이상하다
라쥐니쉬를 율동공원에서 만나게 되면
내가 가져간 그 점이 다시
그의 뺨에 솟아 있다
그곳을 시원으로 다시 수염이 구불거리고

그러는 동안 먼 데서 군용 소포가 하나 오고
황매가 편집증으로 오고
나는 무염(無染)이라는 말을 되풀이하며 쓰고

또 그러는 동안
라쥐니쉬 그는 점의 수문을 열어 지나가는 우리에게
근사한 어장 하나를 선사한다

난기류가 부딪치는 마음의 울돌목
조피볼락 쏨뱅이 적볼락 흑볼락
금볼락
이런 볼락거리는 말들을 중얼거리게 한다

그는 한여름에도 겨울 코트를 입고
땀을 뻘뻘 흘리며 걸어간다
결코 그 발원지를 되돌릴 수 없이 흥건한

내가 선사한 올빼미 우산을 절대 펼치지 않고
지팡이 삼아

* 다만 라즈니쉬가 아닌 어떤 '행려'에 대한 애칭이다.

깰 '파' 자는 너무 강해요

방화로 추정되는 노을이 그곳에 진다
그는 그곳에서 어언과 언어 사이를 탐구한다
흰 당나귀를 타고 아주 가버린다

언제든 파동을 일으키려는 지평선을 어금니로
물고

유행성 감기로 그곳에 간
치약 거품처럼
보글거리는 침략

그 사진 앞에 놓인 가나 초콜릿
오글거리며 반짝이는 은박지

거기 파서탕이 있다 파산한 그를 위해 두고 간
과자 봉투 속에 하얀 돈봉투
흰 포말

강 속에 예비된 파도처럼
그날의 독감
가족애처럼 이산처럼 분열처럼

빈 가게에서 가동되는 젤라토 아이스크림 냉장고

그 소리의 냉기처럼 결빙처럼

냉장고에는 지난해에 얼려둔 눈사람이
빼꼼 내다본다

깰 '파' 자는 너무 강해요
그는 언어와 어언 사이를 탐구한다

폐유가 세탁용 비누로 비누 거품으로
하얀 빨래로 치환되는
오후

무릎이 무르팍이 되기 위해서

넘어져서 무릎을 다치고 난 뒤
무릎을 편애하기 시작했다

무릇 무릎이라 하면
기어서라도 앞으로 나아가야 한다
아픈 무릎이라도 사용하지 않으면
무르팍이라고
부르기 어렵다

불쑥 솟아난 돌의 미간
서걱거리는 잎을 달고 꼼짝 않고 서 있던
마가목 나동그라진다
나는 엎어져서 깨진 무릎을
들여다본다

찌륵거리며 건너온다
그만 저곳으로 갔던 게 아니다
아직 마가목은 파르스름 흠칠대는 기류를 흘려보내고 있다
귀뚜라미 수염 같은
가슬가슬한
귀뚤이의

마가목 가지는 하나도

헐거워지지 않았다
흐트러지지 않았다
어떻게든 철제 난간에 저를 뻗어
걸치고 있다

무릎이 무릇 무르팍이 되기까지
콱 힘주어 일어서기까지

맨드라미가

문 앞의 맨드라미
그냥 단순한 식물은 아냐
시뻘건 광물질의 칼날

꿈속에서 잃어버렸던 신발이 현관에 놓여 있다
그 대신 찾은 건 아주 작은 신발

중국 관광버스 가락여유(可樂餘遊)에서
쏟아지는 말이 좋아 그들을 무작정 쫓아간다
전혀 다른 엄마의 혀를 따라

벨라스크라는 낯선 곳의 여자도 이곳에 와 결혼을 하고
애기를 낳는다 행운을 얻기 위해
그 나라 전통과는 달리
죽 대신 사탕이 담긴 항아리를 깬다
사탕 껍질의 말을 바스락거린다

항아리 박물관에서 보니
최상의 옹기를 제작하려면 손이 굳기 전
열두 살 이전에 입문하는
연골대장이 되어야 한다고 한다

맨드라미 양날을 쪼는 직박구리 부리 속에

말들을 얹어 말하는 최초의 옹알이
혀 위를 흘러가는 최초의 음식

어린애 신발에 발을 걸치고
그들을 쫓아
연골의 손이 되어

어느 날 발치사는 소설가가 된다

두문불출하기 위해 얼굴을 박피해 피딱지로 덮은 여자
담배를 끊기 위해 생니를 뽑은 남자
주변에는 매양 이런 고집스러운 자들이 있다
(꼭 이럴 때는 자들이라고 말해야 한다)
어느 날 발치사는 소설가가 된다 또 그런 어느 날에는
먹고살기 위해 용달을 한다
속눈썹이 눈을 찌른다
박피한 얼굴의 피딱지는 무섭게 흙빛이 되다 떨어진다
먼지만큼 가벼이 악착도 없이
방금 전 박들이 주렁거리던 산책로 입구의 얼기설기한 그
물망
쇠파이프를 밟고 남자들이 낑낑거리며 매달려 넝쿨을 걷
어낸다
톡톡 어깨 위로 빛들이 떨어진다
손가락을 빨지 못하게 옥도정기를 발라놓은 엄지
젖을 떼기 위해 묻혀놓은 마이신
오늘도 2차선 도로의 차단선을 밟으며 걸어간다
앞날은 무시하고 눈을 감고
간단명료히 착한 여동생 혼란과 함께
차가 와도 걸어간다 무쇠 덩어리가 비켜 갈 때까지
작은 개를 프티라고 부르는 여자와
늑대개를 반야라고 부르는 또다른 여자와
개 줄을 풀고 제멋대로 날뛰어 위협해

쑥부쟁이와 벌개미취

붉은오목눈이와 티티새 사이로

먼곳에서는 발치사였던 자가 소설가가 되어 4쇄를 찍는다

나는 그 소설에 나오는 '양류'라는 소녀의 이름을 종이
에 적는다

그 소녀는 각막을 기증하고

한 남자는 그 덕에 개안을 하고

양류의 눈으로 세상을 들여다본다 그러니까 다 오락가락
이다

남자지만 소녀 '양류'의 눈으로

꼭 그런 날에는 이 신경 치료를 하고

발꿈치를 자르는 어떤 형(刑)에 대해 생각한다

놀랍게도 구름도 칩거를 즐긴다 발꿈치를 자르고

열 병합 공사로 파헤친 블록을 톡톡 다시 그 자리에

박으려는 남자, 계루에는 하트 모양 잎사귀

세상을 끊기 위해 망상을 하는 남자

30년 타임 벨을 끊기 위해 이명을 앓는 여자

지문을 돌에 문지르는 그 누구 또 또

말리는 고추씨를 물고 나르는 새, 매캐하고 컴컴한 하늘
에 박힌

노란 씨를 빛이라고 부르는 여자

결심과 결락이 등을 대고 나란히 걸어간다

— 　어제는 이상의 집에서 사치스러운 피마자 잎을 보았다
시멘트 더께 진 마당에서 흘깃

—

3부

투숙객은 언제나 뒷모습만 보여준다

응시라는 어두운 동물을 사랑해

빛 한 점 들지 않는 먹방이다
숨소리가 벽에 부딪쳐 분산된다
조금씩 울려퍼지며 증폭된다
벽이 조여오고 천장이 내려오고
바닥이 올라온다
그 시절 불령선인(不逞鮮人)들을
가두었다는

그들은 어떤 유형의 인간들이었을까
공포감 속에서
어떻게 그 시간을 견뎌냈을까

혼자 탐방로를 오르다 만난
낯선 곳에서 짐승을 만났을 때
지켜야 할 행동 강령!

놀라서 후닥닥 피하지 않는다
정면으로 눈을 응시한다
제자리에 가만히 멈춰 서서 그러나
평온을 가장하지는 말 것

쉴새없이 내가 앉아 있는 이 책상으로
늑대가 여우가 온다

멧돼지의 송곳니가 들고양이의 발톱이

나는 응시라는 어두운 동물을 사랑해
가도 가도 끝없이 펼쳐진 백지장의 눈밭
승냥이가 키를 펄쩍 뛰어넘는
혼비백산 그 형광의 빛에 홀려 죽을 뻔했던
남자들의 기담들,

가끔 그 시절 불령선인을 생각한다
누구를 저격하거나 자객이 되지 못한
고문을 하기에도 너무 연약한
그들은 과연 누구였는지

블루 라이트

족저근막염을 앓는 친구에게 구름을 신겨주었다
그랬더니 어느새 구름의 승강장에 올라 손을 흔든다
야간 등을 달고 비행기가 벌써 넉 대째 구름 속으로 잠
긴다

미얀마에 가 탁발을 하거나
먼지 냄새 나는 마을에서 우리말을 가르치거나

물론 아픈 제 발을 주무르며
제발과 제 발의 차이를 가르치긴 무척이나 어렵겠지
띄어쓰기가 이렇게 중요한 건 줄 처음 알았어

장미의 이름이 춤추는 소녀이거나
블루 라이트이거나

하늘에 그녀가 벗어놓은 샌들이 한가득이다
끈이 끊어졌거나 뒷꿈치가 형편없이 닳았거나
바닥에 잔돌이 박혔거나

나는 가끔 내가 그녀에게 선사했던 최초의 신발을
찾아보러 장미 정원에 간다

장미의 이름이 붉은 행성이거나

아이스 버그이거나   —

썩어빠진 이로 하얗게 웃으며
샌들의 모래를 털어주는 아이가 있었다는 얘기는 말아
제발 그곳에도 극악스러운
밤이 온다고 하지는 마

구름 속으로 급강하하는 비행기 동체가
흔들거려

바닥에 주저앉아
신발을 탁탁 털어보니 달에서
모래가 주르륵
흘러

                                                —

치매 학교

자다가 죽으면 좋겠어
아프지 않고
아기처럼 작아져서 씨앗으로

어디선가
자신이 평생 연주하던 악기에 기대 세상을 떠난
연주자들의
행복한 이야기를 듣는다
들고 다니던 악기 가방의
거죽 냄새를 맡으며 숨을 거둔

아흔 넘어 이가 다시 나기 시작했다는
그녀가 새로 돋은 이를 살강살강 부딪치며
과자를 먹는다

나는 저 처자 손가락 하나 건드리지도 않았어
자신의 처가 누군지도 기억 못하는 그가
수줍은 얼굴로 말을 건넨다
자신의 처를 다른 처자로 보는 저 마음도
색다른 연애 감정이다

이가 새로 돋을 만큼 시간을 살아내고
자신의 처가 누군지 모를 만큼 한 세기가 지나간다

자궁을 들어내고 유방을 잘라내고
몽정을 시작한 소년처럼 기억이 거기 멈춘다

모래무지가 모래톱을 베고 황홀한 꿈을 꾼다
방울뱀이 자신의 울음주머니에 기억을 담아 부풀린다
세계에서 가장 키가 작은
난쟁이가 키다리가 되는 게 불가능한 것은
아니겠지

학교에 다시 입학하는 데 우리는 커다란 고통을 치렀다
두 번 낙방을 하고
오늘은 오색 구슬 꿰기에 몰두한다
이름 받아쓰기를 한다
이 이름의 주인은 어떤 타자일까

수업 시간에
쭈욱 육신을 늘여보니까
벌써 난쟁이는 자신의 커다란 소망을 이루었다
잇몸에선 새싹 같은 이가 나오기 시작하고
우리는 소년이 되었다

얼음을 이어 붙이는 불꽃이라니

얼어붙은 표면 위로 비죽이 나온
행락객들이 던지고 간
전단지 혹은 터진 공 조각을 제외하고는
늘 분주한 세척선(船) 때문에
얼음을 깨서 벽돌로 쓰기에 그리 나쁘지 않다

얼음을 차곡차곡 쌓아올린 뒤
불똥이 튀는 햇빛의 용접 기술도 제법 쓸 만하다
얼음을 이어 붙이는 불꽃이라니!
얼음 세공사가 새겨넣는 정교한 문양들

테두리 장식이 화려한 전신 거울이 있는 것으로 보아
얼음으로 지은 호텔일 수도 있다
쩍쩍 달라붙는 손잡이를 보면 오래된 얼음 모텔일 수도
이름을 밝히기 싫은 투숙객은 문틈으로
슬며시 밀어넣는 숙박부에
가명을 깨알같이 적어넣는 것도 가능하다
왼손으로 삐뚤빼뚤 쓰거나
외풍 심한 얇은 벽 너머로 말소리가 들락거리는 걸로는
얼음 여인숙일 수도

이곳에서 하룻밤을 지낸 투숙객은
알 수 없는 진원지로부터 올라오는

얼음의 음악을 듣는다

이곳은 늘
얼음의 벽돌공, 용접 기술자
몇몇 얼음 세공사로 붐빈다

처음 투숙한 물고기가 터뜨린 첫 숨

얼음 호텔을 지을 것이다
얼음을 찍어낼 벽돌공, 용접 기술자,
몇몇 얼음 세공사를 고용할 것이다

기계의 도움 없이 순수하게
설계 같은 것도 물론 없이
끌과 망치, 톱과 자귀
뜨거운 입김과 불꽃만을 사용하리라

방은 다섯 개만 지을 것이다
왜 다섯 개인지 아직 잘 모르겠지만

먼저 동공의 방에는 이곳에
처음 투숙한 물고기가 터뜨린 첫 숨
기포가 터질 때 그 첫 방울을 새기리라

얼음에 닿기만 하면 쩍쩍 들러붙는 긴긴 손가락의 방에는
저녁마다 다리 난간에 기대 물고기에게 느릿느릿 식빵을
뜯어 던지는
여자의 손가락을 보여줄 것이다

왼손에 식빵 덩어리를 들고
오른 손가락으로 결결이 찢어서 허공에 한 번 반원을 그

린 뒤
　　물고기에게 던져주는
　　누군가는 그것을 권태의 춤이라고 명명할 수도 있으리라

　　냄새를 포착하기만 하면 어디선가 몰려와
　　덥석 물고 사라지는 괴어(怪魚)들
　　유성처럼 꼬리를 그리며 풀리는 빵 덩어리
　　그리고 오랫동안 남아 있는 부유물들

　　세번째 방에는 햇볕을 끌어들여 종이를 태우듯
　　불똥이 튀는 정오의 빛만을 끌어모아
　　조그만 구멍을 만든 뒤,
　　그것을 진원지로 조금씩 균열이 가기 시작하는 것을
　　기록하여 보여주리라
　　얼음의 바늘을 이용하여 한 땀 한 땀
　　기억의 망각 곡선처럼 둥그렇게

　　그리고 물그릇의 방에는 진흙을 가득 채워 연을 심으리라
　　대낮인데도 잠만 자는 괴괴한 수련들
　　빼곡 고개를 내밀거나 고개를 꺾은 채
　　아무데서나 아무 이유 없이 잠드는 기면증 환자같이

　　그러다 체온이 떨어져 죽으면 안 되겠지

그들을 위해 오리털 파카나 오리털 침낭도 준비해두리라
마지막 방은 아무 생각이 떠오르지 않는다
텅 빈 채로 내버려두리라

그러나 얼음 호텔의 문에는
투숙객들이 처음 이곳의 문을 열 때
하얗게 쏟아내는 뜨거운 입김과 손가락의 흔적을 남기리라

그 기운이 쌓여 오랜 시간이 흐르다보면
어느 순간 똑똑 물방울을 떨어뜨리다
지붕이 녹아내리며 무너져버릴 수도 있으리라
그러면 이 호텔이 있었는지
모르는 사람도 있겠지

백색 왜성

종이 파쇄기가 달달거리며 종이를 파쇄한다
무엇을 씹어 뱉었는지 그 아래 자잘한 종이 쪼가리들이
바닥에 흩어져 있다

올해는
후박나무가 불쏘시개 같은 걸 자꾸 내민다
새끼 고양이는 올라가지도 못할 축대 아래서
지겹도록 어미를 부르며 운다

사지 육신을 종이처럼 펴서 밀어넣는다
낮게 그르렁거리던 파쇄기는 그냥 나를 토해놓는다

후박나무의 붉은 열매가 파쇄되어 저쪽으로 튀어간다
바들거리며 지겨운 비를 튕겨내며

어미 고양이에서 파쇄되어 나온
새끼 고양이

잠시 비 그친 밤이 면도날처럼 씹어 뱉는
하늘에서 파쇄되어 나오는
자잘구레한 별들

냉동된 악기

네온의 불빛에 숨어 있는 얼음 모텔을 보았다
더러운 비닐 커튼이
흘러든 차들의 번호를 가리고 있는

이곳의 투숙객은 언제나 뒷모습만 보여준다
그런데 나는 뒷모습만 보여주는
이곳의 지배인이라는 것이 마음에 든다
앞모습은 교묘하게 위장을 잘하는

얼음은 늘 미끄럽고
나는 언제나 사물의 뒷전이 궁금한 지배인
유추와 상상력만으로 나는 이곳을 다스린다

이곳에 잠깐 투숙하는
얼음 여자도 얼음 남자도
또 그들이 익명이라는 것도 아주 마음에 든다
그들이 사용했던 객실에는
급하게 빠져나온 흔적의 허공만
살짝 얼어붙어 있다
선명한 스프링 소리와 함께

왜 모텔은 그런 부류의 사람들만 스며든다고 생각하는가
아주 유명한 아티스트도 감금되지 않는가

넣어주는 음식에 몸이 불어터지고
똑같은 음악만 연주하도록 강요당하는
강제로 우울증 처방을 받고 약을 먹여서 잠들게 하는

바보가 된 연주자는 돈이 된다면 어디든 간다
그렇게 번 잔돈푼은 이곳에 같이 기거하는
얼음 매니저가 다 가져간다
그러고 보니 고갈이라는 말도 무섭지만
냉동이라는 말은 더 무섭다

냉동 물고기, 냉동 손가락
냉동 악보
냉동된 악기

냉동 생선이라는 말에 모순이 있듯
이곳에는 가끔 냉동과 생선이
격렬하게 다투는 소리가 나곤 한다
성능이 떨어진 냉동고처럼
주걱으로 긁어도 지워지지 않는
두꺼운 성에가 낀다

지붕에는 돔을 올리고 신전 기둥을 흉내낸
얼음의 성채다

살금살금 전속력으로

목에서
점들이 튀어나오려고 해
점 점 점 점 점 점

이런 날에는
먹지 말라는 육고기를 뜯고
향신성 강한 채소를 우걱우걱 입속 가득 우물거려

그 모두가 돌이킬 수 없이
여기서 저기로
한 발 건넌 초미의 초유의 초신성의 이야기들뿐이네
저 자신도 모르고 훅 가버린

이를테면 찻잔 손잡이에
작은 찻잔이 붙어 있고
그 찻잔 속에 또 찻잔이 침수되어 있는

무너진 집과 길 아래
헛소문으로 떠도는 녹색의 안개

초간미생(草間彌生)*이라는
누군가의 아찔한 이름

사방에 솟아나는 점들이
점 점 점 점 점 점 시야를 가려

벽도 바닥도 호박도 무너진 천장도
거울도 형광등도
그 아래 깔려버린 손도

나에게 손을 내밀어
점점 파랗게 굳어가며

나 여기,
풀, 사이, 멀리, 살아
살아 있다구!

* 쿠사마 야요이의 이름.

침낭을 줄게

—   오리발이 생긴 변종 물고기가 수면 위를 미끄러지듯이 그
녀는 한밤에 다른 사람의 시선을 피해 키우던 고양이를 자
루에 담아 이곳에 수장시킨 경험이 있다

사료와 주기적인 털 깎이, 고양이가 죽었을 때 화장 비용
을 감당할 수 없었기 때문 얼음 호수를 산책할 때 고양이 울
음소리가 들리는 것도 다 이런 이유다 그녀는 얼음 여인숙
에 기거하며 불법 복제한 글을 쓰고 유포하는 작업을 한다

남의 글을 표절할 때 그녀는 감시 카메라가 작동중인데도
당당히 책을 훔쳐 나오는 모범 소녀의 발칙한 미소를 입가
에 품고 있다 다이아몬드를 배꼽에 넣어오는 밀수범의 수법
처럼 절대 들키지 않는 기술을 알고 있다

그녀는 얼음을 재료로 간단 요리를 즐기고 얼음 과자처럼
오도독 깨물어 먹는다 그녀의 충실한 타액은 그것을 남김없
이 녹여 짜맞춘 흔적 따위를 남기지 않는다

대머리 대왕거미가 조직한 눈에 보이지 않는 실같이 어디
서 이것을 발췌하고 어디서 이것이 유래했는지 그녀의 재구
성 그녀의 기교는 초절정이다

살짝 얼음 이불로 복면을 한 듯 눈만을 내밀고 천장을 올

려본다 녹아 흘러내리는 쥐벼룩의 얼룩 언제나 가수면 상태
인 수련들이 둥둥 떠 있는 곰팡이 난 벽지 다디단 악몽으로
짜여진 이 얼음 여인숙에선 꽝꽝 얼어 있는 물 담긴 그릇도
하나의 퇴폐적인 소품이다

  그녀의 앙상하게 마른 몸뚱이를 담고 있는 이상하게 부해
보이는 값싼 오리털 잠바 속에
  그녀는 화려한 말의 레이스를 숨긴다

  그녀는 '러시아에 얼음 호텔 오픈' 기사를 본다 '모스크바
에서 북쪽으로 850km 아르한겔스크 주 호텔을 짓는 데 눈
3000㎡ 얼음 500㎡ 투입, 객실 실내 온도는 영상 0도 방한
효과가 뛰어난 침낭이 제공된다'

  간밤에 꽝꽝 호수가 얼어붙었다
  얼음 호텔, 얼음 모텔, 얼음 여인숙을 짓고도 남을

하얀 부표

어느 순간부터 젖가슴이 흘러나온다
무엇을 주유하려고 그러는지

누군가는 따뜻한 샤워를 하고 있었고
누군가는 통화를 즐기고 있었다

이상한 물체를 감지한 또다른 함대는 즉각적으로 포를
쾅,
젖가슴이 흘러나오는 그가 포구에서 본 건
고작 새떼에 불과한데!

막 이를 닦으며 면도를 하며 행복한 거품을 물고 있었는데
잘 지내고 있어 안부를 묻고 있었는데

오락 프로그램이 줄줄이 취소되고
웃음이 금지된다
벚꽃놀이도 진달래 화전도 봄날의 보리밭도

침몰하는 배의 절박한 조난 신호를 감지한
그의 젖가슴이 해저에 닿는다
갓 채유한 석유의 반짝거리는 빛깔로
주유구처럼 늘어난

밀려드는 갑작스러운 해수에 쓸려
전화를 놓친 그에게 뻗어내려간다
체온을 놓친 그에게 따뜻한 샤워기가 된다

그는 젖가슴이 여성처럼 커지는 것에 자부심보다는
수치감이 솟는다
자꾸만 소심해지는 그는
몰래 전문의에게 상담을 한다
연일 실종자 수색이 떠들썩한 이 나라에서 제가
그 누군가에게 수유를 했답니다

이게 가능한 일일까요
가끔은 뽀얀 젖줄기가 바다로 뻗어나가기도 해요
생명을 품은 유두가 유난히 까매지는 현상도 일어나서
누군가 힘차게 빨아대는 뻐끈함을 느끼기도 하는데

오랜 기시감으로 남아 있던
바다 위 하얀 부표들의 유방 때문일까요

여자들의 컵에 찍힌 붉은 입술 자국
물을 마시고 난 뒤
저도 모르게 쓰윽 손가락으로 문지르는

팥빙수 기계가 드르륵 빙산을 무너뜨리기 전

지붕이 철썩거린다구요 네
지붕이 거대한 물 더미를 뒤집어 엎어놓는다구요
네 뒤로 빠졌다가 다시 철썩 네

아 혹시 발주 바다 건설 플래카드가
펄럭거리는 걸 보고
그뒤에 새로 건축된 파란 지붕이
철썩이는 것처럼
보이는 거 아닌가요 아 네
그런 것 같아요

아 네네네네 저도
철썩거리는 저 푸른 지붕을 머리에 얹고
매일 뛰고 있어요
한 거리의 커브를 돌아
닭꼬치를 구울 불판이 달구어지기 전에
닭꼬치라니요 비둘기 고기는 아닌가요
팥빙수 기계가 드르륵 빙산을 무너뜨리기 전에
앗 피가 차가워지고 이가 시려요

왜 여자 승무원들의 스카프는 항상 빳빳한
물빛인가요 아 네 그네들은
한결같이 바퀴 달린 가방을 끌잖아요

무얼 마시겠어요 안전벨트를 매세요
위기 상황에선 방독면은 이렇게 구명복은 이렇게 착용하
십시오
개연성 없는 말만 반복하잖아요
아 네네네네네
아침마다 그녀들은 어디로 가고 있나요

철썩이는 파도를 피해
가파른 계단으로 허겁지겁
그러다가 저도 모르게 건물의 경사면을 타며 올라간
어느 가파르고 낯선 곳에서

위태롭게 나뭇가지에 매달려
이쪽의 꽃을 따 저쪽에 접붙이고
복숭아 같은 것들이 물크러지지 않게 봉지를 덧씌우면
서 살면

아 네 네네네네
밤에는 일손이 부족한 김치 공장에서 배추나 씻으며
금치가 아닌 김치로요
속이 아주 순결하게 뽀얀 것으로요
그곳의 일꾼이 되어 황새기젓과 꼴뚜기들이 태어난
잔잔한 바닷속이나 발주해봐야겠어요

— 잠 안 오는 밤에는 황새기와 꼴뚜기의 말을 번역하는 것도
재미있을 것 같아요

파란 지붕을 모자처럼 쓰고
철썩철썩 파도 소리나 귓속에 퍼부으며
애들아 파란 지붕 파란 대문 집은 다 어디로 갔니
무한대로 펼쳐진 파란 칠판들은
그 위의 빼곡한 글씨들은

해변의 나른한 집들을 파괴하는
파란색의 파도가 좋아요 아 네 그 폭력성이 좋아요
반짝거리는 황새기의 비늘을 온몸에 붙이고
바닷속으로 쭈르륵 미끄러져갈 때
승무원 아가씨도 같이 뛰어요
질질거리며 끌고 가던 가방도 버리고
장수 돌침대 앞으로 다정 침술원을 돌아
혼수 그릇 대신 바다를 장만해서
신접살림을 차려요

아 네 네네네네 그래요
파랗게 질린 바다와 반대로
구명보트와 구명조끼는 활발한 주황색이잖아요

4부

언제나 빙글빙글

선인장 연구소

세상의 끝에는 어김없이 연성각이 서 있다
백미인이라는 가루로 만든
이 세상에 존재하지 않는다는 면을
사해파라는 검은 소스에 비벼 먹으면
마음이 편해진다는 소문이 악어 아그배의 세상에도 전해
진다
뜨거운 태양이 서향의 연성각을 단련하는데도
창문에 거취옥으로 지은 주렴이 꼼짝하지 않는데도
그곳에는 대통령, 장군, 보초 들이
반야의 나무를 쪼개 만든 젓가락으로
세설금이라는 차디찬 눈 속에 냉장시킨 면을
악기의 현처럼 쭈르륵 빨아올린다
북두각금의 탄주라고나 할까
그 순간 석화기린의 등에선 세상을 배경으로
대능주관의 세계가 펼쳐진다
금사자, 투쟁용의 뇌부각에도 무슨 변화가 왔는지
커다란 사자왕환의 방석과
홍학환의 등받이 속에 묻혀 왕비단설의 공연을 본다
은파금의 곡조는 폭발한 화산의 재가 지연시킨
세상의 이주로에 묶여 있는 여행자의
지친 뇌신을 달래주기도 한다는데
기적의 거리에서 건물의 잔해를 툭툭 털고
일주일 만에 걸어나온 한 남자의 상처 없는 몸처럼

여기에 등장하는 많은 말들은 선인장의 이름이다
어떤 단어가 선인장의 이름인지 밝히고 싶지 않은 건
연성각의 한 손님으로서
예의를 지키고 싶기 때문이다
하루쯤 선인장의 철갑 같은 초록 껍질 속에 박혀 있는
그 많은 가시들을 모아
만든 침구로 몸을 둘둘 말고
따끔거리며 불면을 즐겼으면
그 가시가 꽃으로 변하기도 하는 날이 있기는 할 테니까
연성각은 자는 것도 먹는 것도 다
해결해주니

베어 물다

트럭에 폐자재처럼 가득
흘러내리는 현지 직송 청송 사과
그러나 누군가에게 청송은
보호 감호소가 있다는 곳일 뿐
반복되는 카세트 녹음기만 주인의 음성을
대신할 뿐

언제나 대기중인 트럭은 그림자가 서서히 내려오는
복자기나무에 가지를 댄다
복자기나무로 청송 사과들이 탈옥한다

토마토에 접붙인 감자를 토감이라 부르듯
복자기나무에 매달린 사과는
아주 붉게 익어 얕은 바람에도 촐싹거린다

트럭이 거느린 오랜 그림자가
수액을 끌어올려
세상에 없고 현지에만 있는
사과의 본거지가 된다

지나가는 누구는 그걸 폭탄이라고 불러본다
세계의 어느 한끝에서는 오늘도 어김없이
사과 폭탄 테러가 터졌다

혼란스러운 순간을 틈타 폭도들은 떼지어
상점을 태운다
빨간 환청이 굴러나오고
비상식량은 한곳으로 축적되고
전당포를 면도기로 번역하는 기이한 도시의 벅적대는
밤이 온다

사과 폭탄 속에는
망상의 동물처럼
미망인의 머리와 고아의 몸통
노파의 다리를 가진 이들이 어슬렁댄다

비행기가 뚫고 지나간 빌딩이나
본인은 알지도 못하는 채 지하철에 오른 석유통처럼
다리가 잘리거나 눈을 잃은
불구의 비명이 사과 폭탄에는 장치되어 있다

검은 비닐봉지에
가득한 폭탄을 들고 누군가 앞으로 지나간다
그러나 불행은 사과 폭탄이 터진 현지에만 있고
다만 이곳에선
들고 가던 비닐봉지에서 폭탄을 꺼내

— 한입 베어 물고
   폭탄의 향기에 취할 뿐

—

손톱이 길어진다

물속은 푸른 약병 같아
끈적거리는 액체가 가득해

물의 근육을 닮은 여자들이 사뿐사뿐 산책을 하네
상공에서 보면 짚신벌레 모양의 호수를
잉어와 자라와 함께
언제나 즐거운 메리고라운드,

플라스틱 말은 놀이공원에만
있는 게 아냐
언제나 빙글빙글

누구나 잊히길 원하지
호수가 생기기 전 이곳이 홍수가 난 벌판이었던 걸

그때 관계자들은 밤마다 대책회의를 했다네
그들은 어쩌면 홍수를 일으킨 당사자들
강둑에 구멍을 낸 최초의 사람인지도 모르지

이 황무지를 어떻게 할 것인가
그래 여기에다 새로운 도시를 짓자
그러면 그 진흙의 논을 매립할 많은 흙은 어디서 퍼오지
그래 그러면 호수를 파자

세상에서 가장 간단명료한 회의

제가 태어난 배경을 망각한 호수는 아름다워
나무는 무르익고 사람들은 야유회를 오네
물의 조망권은 가파르게 상승하고
어느덧 그 여세를 몰아 축제를 벌이네

오늘도 도시는 손님을 맞을 준비에 분주하네
난립한 간판을 아기자기 정비하기에 바쁘네
교양 있는 시민들은 마지막 습지를 지키자는 침묵 시위
를 하고
오래된 볍씨 출토지에는 벼를 심어 추억하네

그러나 그때를 기억하는 단 한 사람,
저기 호수의 벤치 끝에 앉아 메마른 천수답 눈으로
물속을 들여다보는 사람
아직 이곳의 논들이 별의 수로에 닿아 있다고 믿는 사람
그는 '물위의 광인'과 다름없어
도시를 고스란히 물위로 옮겨놓으려고 하네

사실 물위의 광인은 축제를 위해
이 도시가 유럽의 섬에서 특별 초청했다는 연극의 제목,
공연은 물위에서 진행되지

물위에서 침대는 떠돌고
물위에 가로등이 켜지네
청소부는 주홍 조끼를 입고 물결을 쓸어대네
집채를 집어삼키거나 배를 난파시키는
난폭한 파도는 이곳에 없어
임산부들은 뒤뚱거리며 물위를 걷네

이 호수의 수변 무대는
물과 불의 결혼을 보여주기에 가장 적절한 장소라네
폭죽이 수면을 간질일 때

잉어는 폭풍처럼 튀어오르네
오리와 쇠물닭은 놀라 끼룩거리네
습지의 뻥튀기 장수는 달을 공중에 띄워올리네

호수의 광폭은 점점 넓어지네
광폭 인터넷은 빠르게 괴담들을 실어나르네

호수에 가면 뒷모습이 아름다운 여자를 조심하라
거액의 토지보상금을 받은 노인들을 노리는
노인은 아직도 물속에 잠긴 자신의 논과 집을 들여다보는
아까 말한 '물위의 광인'일지도 모르지

노인을 유혹한 여인은 밤마다 푸른 약병을 기울여
갑자기 돌연사한 노인의 재산은 다 그 여인의 차지,
일확천금을 노리는 여자들은 이곳에 와
멋진 트레이닝복을 입고 호수를 산책해도 좋아

이따금 혼자 눈을 뜨는 밤이면
물이 이를 악물고 우는 소리가 들려
누군가 손톱으로 호수의 둑에 구멍을 만드는 모습이 보여

짚신벌레가 슬리퍼가 되고 슬리퍼가
말발굽이 되고
말은 다시 괴담이 되고

호수의 살랑거리는 물결이
말이기도 하고 여자이기도 한 반인반수의 인간으로 변하
는 걸
가끔 보기도 해

그 물의 여자가 권하는 푸른 액체의 약병을 홀짝이며
금반지를 빼주고 금목걸이를 내주고
심지어 목숨까지 내놓고
우두커니 물속을 들여다보는 광인을

머리칼 속에 놀랍도록 하얗고 통통한 이를
키우는 노인을
그의 날카롭게 뻗어 있는 검은
손톱을

흰눈새매올빼미

마을버스를 타고 간선 버스를 또 갈아타고
수천 수만 계단을 오르내리다보면
만년설산 14좌가 먼 이름만은 아니야

그러면 묻고 싶어져 이토록 벌벌거리는
너는 후생이 무엇이었냐고

흰눈새이다가 새매이다가 매올빼미이다가
결국 흰눈새매올빼미로
통합되는 이름

이 버스는 만년과 설산을 오가는 버스입니다
위급한 재난시 이 망치를 사용하여 탈출하십시오
만일 이런 상황이 닥치면 어쩔래

너는 망치 사용법을 전혀 모르는 흰눈새냐
살이 찢어지고 핏방울이 사방으로 튄다 해도
주먹으로 유리를 내리치는 새매냐
달의 망치가 밤의 유리창을 박살낼 때
그냥 발톱으로 유리를 움켜쥐는 매올빼미냐

(유리창 쨍그랑 나비의 긴급한 구조는 필요치 않아)

어느 춥고 척박하고 모진 북반부의 국가에서는
황홀이라는 말을 대체하여
여름의 해질녘이라고 쓴대
계속되는 혹한과 폭설의 밤
삶이라는 나쁜 표면으로 미끄러지지
않으려고

너도 너를 대체할 이름이 필요해
흰눈새의 흰눈새매의
흰눈새매올빼미의
조금씩 확장되는

이면도로에서 불법 주차한 채 떠나지 않는 광역 버스
빵집 피오르드, 서비스 데이에 나오는 만년 빙과를
이로 우득거리며

복숭아 인공 향
이 맛이 도원의 맛일까
오로지 만년설산이 유리창에 어롱거리는
여름의 냉기 훅훅대는 해질녘

이 버스는 흰눈새와 새매와 매올빼미를 경유하는
순환 버스입니다

추억은 방울방울

물을 질금질금 머리에 쓴다
뜨거운 물속에 유영중인 개쑥 뭉치
얄팍한 향기에 취해

2천 원짜리 사우나에 가면
전쟁이 끝난지 모르고 덤불 속에
16년 동안 항복을 모르고 산 병사의 이상한 전투
이상한 전선이 형성된다

2천 원 사우나에선 주인에게 미안하여
아무도 뭐라 하지 않지만
2천 원어치의 물만 쓰려는 나와의 전쟁이 벌어진다
감시도 교전도 대치도 없는

적병이 있는지 포복이 있는지 살금살금 내다보는 덤불
그런 병사의 빼꼼한 눈이 좋아서
이 모호한 대치와 열망이
나를 2천 원짜리 쑥 사우나에 가게 한다

하수의 머리칼
수채 냄새가 올라오는 지하 2층
삐꺽거리는 그 계단 소리를 들으면
이상한 전의가 불타오른다

절금절금 냇물과 놀며 야생의 열매를 따 먹으며
이발도 없이 너덜거리는 군복을 입고
16년을 버틴 어린 병사는
어느덧 중년이 되어 해방을 맞았다 하니
이 이질적인 곳에서 벌이는 전투

종전된 지 16년이 되었는지 모르고 숨어 살았다는
병사의 전의가 2천 원짜리 사우나
낡은 천장에 맺혀 있다고 하니

2천 원 사우나는 밤낮없이
항복도 없이

말라가위

그곳에는 비행기 모양 가로등
길을 걷다
누구나 그걸 올려다보고 있으면
알랭 드 보통의 『여행의 기술』이 아니라도
나 같은 보통 인간도
가고 싶은 데를 맘껏 갈 수 있어

그러면 어디가 가고 싶어
말라가위
글쎄 그곳이 어딘데

그래서 찾아보니 말라가위는
햇빛에 화초가 말라 가위로 잘라주었지만 결국
흑흑흑 말라 죽었어요
그렇게 하지 말라 가위질당하고 싶어
이런 말라가위뿐
도대체 말라가위는 어디 있다는 거야

그래도 나는 말라가위에 가고 싶어
중고 숍에서 구입한
펜 모양 베개와 누구도 해독할 수 없는
문자가 적힌 가방을 사서 들고
말라가위에 가 밤새도록 책을 읽고 싶어

말라가위에는
바닥이 미천한 구두와
언제나 헤벌쭉 웃으며 지나가는
외국인 노동자와도 인사를 나누겠지

골목에는 계속해서 새로 바뀌는
기억할 수 없는 주소
(   )가 어디지 동사무소
남들이 도용할 수 없는
고유의 등록번호

난데없이 당신 아들이 납치되었어요
돈을 보내요 그렇지 않으면 어떻게 될 줄 몰라
울부짖는 남자애 음성이 뒷전으로 깔리는
그딴 곳이 말라가위는 아니겠지요

해물순두부와 옛날순두부를 구분 못해
나는 빨간 순두부가 아닌 하얀 순두부를 주문했다고요
악을 바락바락 쓰는 여자에게
온 지 얼마 되지 않아서 그만 실수를
사정없이 빌던 종업원이 붉은 양파망 걸린
가게 뒷마당에 쪼그리고 앉아

우는 곳도

반납 일자가 무한한 대출 확인증
심지어 당신은 무표정한 말라가위의 매혹적인 사서와
연애를 할 수도 있겠지요
으르렁거리면서 꼬리를 흔드는
고급 주택가의 개처럼

누구나 말라가위를 가려면
이 도시 어딘가에 있을
아그배나무 그늘을 통과해야 해요

어디서 읽었는지 모르지만
아그배나무는 설탕빵 모양의
팡 지 아수카르 산이 있는 어떤 나라 어떤 도시가 채택한
생명의 나무라네요

밤새 읽은 책의 감동을
눈물 모양으로 지어 뺨에 표식으로 붙이는
그런 풍습을 갖고 있다는

말라가위 말라가위
금지의 말라도

목이 말라의 말라도 아닌

그냥 비행기 모양의 가로등을 상상하다가
불쑥 튀어오른
말라가요일 수도 있고 말라가죠일 수도 있는
그렇고 그런
말라가위

더 큰 잉크병

살고 있는 집보다 더 큰 잉크병을 보았다
아주 파란색이 일렁거린다
그 속에서 깨어나 끝없이 걸어간다
새로 단장한 경로당 앞에 도착한다

해가 중천에 떴다
홀쭉한 입을 열고 장구 소리에 맞춰 노래하는 노인들
몇 개 남지 않은 이들이
새로 쌓아올린 벽돌의 가지런한 치열을
덩실덩실

경로당의 아담했던 흰 벽이 새로 덧붙인
벽돌 속으로 은폐되었다
벽 앞에서 신발을 벗고 점점 작아지는 발을 쓰다듬으며
볕을 쬐던 노인들 그림자
사라졌다

새 경로당 벽돌은 잘 구워졌다
단단하고 잘 응축되었다
생활은 잘 개보수되었다

그러나 잉크병 속에서는
파란 불꽃이 일렁인다

들여다보니 노인들의
아주 조그맣고 쪼글쪼글한 발이 담겨 있다

덩실덩실 엉덩이를 들고 발을 질질 끌고
들어보니 경로당 개업식 노랫소리
치열하다

보리 해피 쫑의 엄마들

사자자리에서 사자가 이탈한다 배반한 애인을 찾아 군인이 탈영한다 소총 하나쯤 걸머쥐고 증오가 더하면 누구 하나 쏘지 못하겠느냐 사육장에서 땅을 파며 시간을 떠넘기던 사자가 그만

자신이 판 구덩이에 누워 잠깐 안온함을 느꼈겠지 그러다 이건 아냐 앞발로 펄쩍 내달아 철망을 뜯고 도망을 쳤겠지 민가를 덮쳤겠지 빨갛게 익어가는 수박밭을 뭉갰겠지 발은 수박 향내에 물들었겠지

그러다가 정신이 노곤하여 어디론가 숨어들었겠지 온종일 달아난 사자를 쫓는 추적자들의 발소리만 가득한 인간의 휴일

별자리에 윤곽만 남은 사자가 포효한다 한 발은 허공에 빠뜨리고 한 발은 벤치에 걸치고 누워 휘청거리는 나무도 벤치에 배여 있는 애완견들의 지린내도 싫어 왜 그들은 한사코 자기네들을 엄마라고 부르는지 이해할 수가 없어 보리 해피 쫑의 엄마들

가령 버스 정류장에 붙어 있는 개 실종 광고에는 이렇게 씌어 있다 아이를 찾으면 제가 이 광고물을 수거하겠습니다 그때까지 제발 떼지 마세요 하마터면 그 광고를 떼어버

릴 뻔했다

　대가리에 못이 박혀 있는 어미 고양이야 새끼들을 거느리
고 그만 좀 떠돌거라 잔인한 인간의 일을 이젠 그만 말하려
무나 네가 뽑을 수 없다면 선혈이 떨어지고 살점이 뭉개지
더라도 스스로 머리를 비벼 뽑아내려무나

　사자가 포획되지 않기를 바라며 두 발을 번쩍 들어 별자
리에 맞춰보았다 사자가 속삭였다 어서 타라고 발을 내디뎌
밀림으로 나아갔다 주렁주렁 탐스러운 수박이 매달린

후팡나무 뜨락

부부 시인이 있었어
아이를 사이에 두고 시상식장에 앉아 있어
손을 가지런히 무릎에 얹고

남자 시인이 상을 받고 있어
여자 시인은 아이의 정강이를 꼬집었어
아이는 근엄한 의자에서 바닥으로 떨어져 울음을 터뜨렸어
남자 시인이 상을 팽겨치며 달려왔어
여자 시인은 허겁지겁 아이의 입을 틀어막았어

이 숨막히는 연미복의 세계를
후팡나무 뜨락을
후팡나무는 존재하지 않는 나무
여자의 머릿속에서만 자라는 나무
썩어가는 과일의 세계를

여자 시인의 구불구불한 머리칼이 나뭇가지로 자라 올랐어
연설 단상이 구부러지며 한 그루 나무로 돌아갔어
시상식장의 하객들이 뿔뿔이 흩어져 잎사귀로 매달렸어

축사도 수상 소감도 다 취소된
이 시상식장이 여자 시인은 좋았어
처음에는 몰랐던 남자 시인도

하객들도
사회자도 주최 측도
그냥 좋았어

존재하지 않는
후팡나무 뜨락
갑자기 여자 시인의 머릿속을 후려치고
태어난
이곳이 좋았어
다들 미친 듯이 좋았어

제발

장수풍뎅이를 사라는 아이, 망연한 선생님, 뜻하지 않게 번식한 장수풍뎅이를 7백 원에 사라는 아이, 7백 원이 비싸면 5백 원에 깎아주겠다는 아이, 흥정을 거는 아이. 장수풍뎅이나 키워볼까. 암수 한 쌍에 그렇다는 걸까. 그러면 암수라는데 번식이나 시켜 장수풍뎅이나 팔아볼까.

죽어라 날개나 비벼볼까 뿔을 키워볼까 아무 관계도 아닌 사람을 만나 지하철이나 버스 터미널에서 여기 장수풍뎅이가 있습니다 여기 추억의 팝스가 있습니다 변기 뚫개가 있습니다 쓸모가 뭔지 알 수 없는 장수풍뎅이, 당신이 원한다면 충분히 값을 깎아줄게요. 장수풍뎅이가 몸을 뒤집고 버둥거리는 걸 보면 배울 점이 있을 겁니다.

오체가 잘린 남자가 연설을 한다. 아이들 두려운 눈앞에 단상에서 넘어진다. 어떻게 일어날까요. 옆에 있던 책을 세워 머리를 대고 간신히 일어선다. 시뻘개진 얼굴이 실룩거린다. 쓰러졌다고 절망하지 마세요. 아이들 줄줄이 눈물을 흘리며 그 남자의 잘린 몸통을 껴안는다.

쓸모없는 이유를 달아 흥정한다 흥정한다 흥정한다. 그러다 아이가 나에게 계속, 그러면 선생님이니까 그냥 드릴게요, 이제는 아주 애원이다. 40여 마리로 불어난 장수풍뎅이, 사사사삭 잎이라면 거실에 걸린 액자 속 마른잎이라도 기세 좋게 먹어치우려는 장수풍뎅이, 애걸복걸 선생님 하나 ―
제발 가져가세요.

　액자 속 잎에 닿으려 장수풍뎅이는 자꾸 날아오른다. 날
개는 이미 날개가 아니다. 인기척만 감지되면 누군가 입장
하든 말든 휙휙 도는 자동문.

약냉방 칸

—   이 전동차를 놓치면 지각이야 난데없이 달려가는 누군가
를 훼방하는 비둘기 너는 뒤뚱뒤뚱 걸어와 퍼드덕

이런 날은 선로에 뛰어든 누군가 육신이 수습될 때까지
전동차에 단체로 갇혀 있기도 하는데 여기저기 늦는다고
뜻밖의 사고로 동시에 다발적으로 진행되는 한결같은 통
화 내역들

누구라도 극단의 결정을 내리기 직전 자신의 절박한 처지
를 타전한다는데 쩍쩍 금이 가는 둔덕의 소리 있었다면 지
나가던 들짐승이라도 들었겠지 이게 무슨 내역일까 쫑긋거
리며

들었지만 나중에 알게 된 소리 들었지만 이제야 그 의미
를 알게 된 소리 얼룩말이 쇼윈도에 멈춰 서서 그 위에 비친
모습이 누군지 모르듯 소방대원들이 수습해서 들고 나가는

여름이 왔다 수도승들이 여섯 성부 돌려가며 노래하는 전
동차에 갇혀 20분 이상 갇혀 지각의 사유를 돌림노래하는
이상한 여름이 똑같은 발성으로 휴대전화를 손에 들고

오늘 늦네요 오늘 늦어요 선로에 누가 뛰어들었어요 뛰어
뛰어 뛰어 펄쩍 펄펄펄펄펄펄 푸드덕 정말 믿을 수 없어요

—

여기는 약냉방 칸입니다 더우신 분은 냉방 칸으로 이동해
주시기 바랍니다 더 냉방 칸으로
들어가자마자 콧수염과 눈썹이 얼어붙는 심장이 굳어 냉
랭해지는

지하 입구에는 비둘기들이 밀담자처럼 모여 있다 오늘 지
각에 대해 변명 따윈 하지 않겠지만 이 영원한 무재해와 안
전모의

펄 펄쩍 퍼드덕

잉어가 텀벙

공원 아네모네 앞에 섰네 앉은뱅이 일어설 줄 모르는 앉은
뱅이 그 키로 그 눈높이로 호수에 비 내리는 거 보네 비 그
친 뒤 호수에 가득한 물 하염없이 흐르는 걸 보네 아네모네
붉고 푸른 눈으로 누군가 우는

비에 다쳐 연잎에 배를 드러내고 누워 있는 잉어를 보네
하얀 침상에 연잎의 간호를 받는 잉어는 입만 벙긋벙긋 아
네모네 한 번도 안 된다고 해보지 못한 여자가 호수를 보고
그건 아니라고 아니라고

아네모네 그 앞에만 서면 그저 네네네네네 아니야가 네
네네로 둔갑하는 소리 사육장 두 마리 공작은 서로 외면하
고 홍학은 외따로 멍하니 서고 이젠 정말 아니에요 말하고
싶은 누군가 벙긋벙긋 입 모양만 움직이다 텀벙 호수 속으
로 드네

쪼그리고 주저앉아 할머니 한 분이 아네모네 화분을 사는
걸 아서원이라는 중국집에 회식 갔다 오는 길 보네 개양귀
비 비슷한 아네모네 배가 아플 때 꽃대를 달여 먹으면 언제
그랬냐는 듯 싹 낫는다는 단속을 피해 몰래 기르던 애가 앓
아 누우면 양귀비 좀 없어요 이웃집을 기웃기웃

깊숙이 감춰논 아주 귀한 거였지요 노인들 대화에는 늘

현재가 없이 옛날만 있고 두 다리를 옹송이고 비 그치면 거
칠어진 호수가 다시 잔잔해지는 걸 빤히 아는 아네모네를
보네

　거부할 수 없는 현재로 가득한 아니야가 네네네네네네네
로 둔갑하는 아네모네 아픈 잉어가 텀벙 물속으로 드는

소진하는 주체, 각성의 파편들

조재룡(문학평론가)

나는 마침내 알지도 못하는 존재들에게 인사할 자격을 얻었다
내가 보는 모든 것을 내가 알지 못해도
그들은 내 앞을 지나가 저 먼 곳에 쌓이며
그들의 희망은 내 희망 못지않게 강렬하다

—기욤 아폴리네르, 「생메리의 악사」

이문숙의 이번 시집은 구체적인 사연에서 착수해서 기이한 사태를 우리로 하여금 겪게 하고, 겪게 된 만큼 미지의 틈을 열어, 생생한 죽음의 그림자를 날것으로 삶의 장면과 장면의 틈바구니에 붙잡아두고, 일상의 결핍과 파열을 특이한 방식으로 끌어모아, 주관성의 세계 하나를 거뜬히 개척해낸다. 작품 하나하나가 벌써 단단하지만, 오히려 큰 폭으로 작동하는 유추와 독특한 상상력에 의존하여 풀어놓은 말들이 힘껏 뿜어내는 열기와 작품들이 서로 교섭을 하며 풀어놓은 비극의 목소리가 시집 전반을 지배하고 있는 것으로 보인다. 그렇기 때문일까? 시집을 마주한 우리는 솟구쳐 일어나는 커다란 주제 하나로 시의 밑그림을 그리는 대신, 차라리 동시다발적인 어떤 사태에 주목하게 된다. 그렇게 이문숙이 안내하는 곳으로 가만히 따라가다보면, 어느새 이상한 체험, 그러니까 저 비극과 일상이 교차하고 혼요된 극점에 당도하고 마는 것이다. 그의 이번 시집은 자각몽의 한 형태를 취하고 있는 것처럼 보이기도 한다.

그러나 그의 시집이 만약, 당신에게나 나에게나, 더러 꿈
이나 환상처럼 느껴진다면, 이는 오로지 시집을 읽는 우리
가 차라리 그랬으면 좋겠다는 생각을 품게 되었기 때문에
만 그럴 뿐이다. 물론 이러한 바람이 소용없다는 사실을 우
리는 곧 알아차리게 될 것이다. 그러나 이문숙의 시가 각성
의 목소리를 울려내는 순간은 바로 이때인 것으로 보인다.
각성의 목소리는 현실을 극단적으로 밀고 나간 낯선 지점
을 만나는 일이며, 방금 꿈이나 환상처럼 느껴지기도 한다
고 말했던, 그러니까 어떤 한계점에 이르거나 아슬아슬하게
매달려 있는 극한과도 같은 순간을 펼쳐 보일 때, 느닷없이
울려 우리에게 내려앉는다. 이런 의미에서 이문숙의 시집을
우리는 고통스러운 현실, 포화 상태에서 터져나온 비극에
대한 정직한 보고서라고 불러도 좋겠다. 상처가 되어왔고,
상처가 되고 있으며, 또한 상처가 될 사태들이 특이한 방식
으로, 서로 활발하게 접속을 하고, 수시로 포개어지며, 자주
파편이 되어, 기어이 삶의 전선, 저 위태로운 순간으로 우리
를 데리고 간다고 해야 할까.

부동에서 유동으로: 이야기에서 착수하기

낯설게 빚어놓은 풍경들이 시간과 공간의 통념을 풀어헤
치고, 포화된 현실의 날카로운 날이 되어 부메랑처럼 되돌

아와 우리가 서 있는 바로 그곳에 꽂힌다. 그의 시는 바로 이러한 방식으로, 자기만의 시적 세계를 일구어낸다. 여기에서 삶이 배제되는 일은 좀처럼 없다. 상황은 오히려 반대다. 독창적인 구상과 상상력으로 부동하는 삶을 유동하게 만들어내는 그의 시는 결국 삶에 주관성의 무늬들을 입혀내는 데 성공하기 때문이다. 삶이라는 하나의 실사(實辭)가 붙박인 제자리를 벗어나 시집 전반에서 활발하게 움직이기 시작하며, 수동적인 삶을 유동하는 삶으로 바꾸어낸다. 이 유동하는 삶은 삶을 규정해온 단일하고 추상적인 지칭을 버리고, 특질과 변별의 세계로 입사하는 삶을 의미한다. 그러니까 실상 삶이 늘 '다른' 삶이며 응당 현실이 항상 '다른' 현실이라는 사실이 이문숙의 시에서 보다 자명해지는 것이다. 외상에 관한 진술이 기이한 체험을 불러일으키는 시. 저 너머에 있는 시간과 공간을 지금-여기의 말과 하나로 포개며 그로테스크한 비극에 크게 숨결을 터주는 시. 삶의 파편들을 한꺼번에 손아귀에 쥐고 미지로 솟아오르게 하는 시. 그렇다면, 무수한 욕망과 상처로 뒤틀린 저 영혼들은 어디로 가서 또 어떤 상처를 매만지고 있는가?

먼저 말해두어야 할 것이 있다. 주관적인 삶을 자각하고 또한 자각하게 만드는 그의 시는 상상의 폭이 제아무리 넓다 해도, 삶을 함부로 신비화하지 않는다. 이문숙은 어떤 신념에 사로잡혀 삶을 속박하는 데 골몰하거나 삶의 예기치 못한 가능성을 단일한 방식으로 저버리는 성급한 탄핵을 선

택하는 법이 없으며, 추상적 사유의 틀 안에 가두어 삶을
변절된 눈으로 바라보지도 않는다. 사실 이문숙은 항상 이
와 같은, 그러니까 밑바닥부터 차근차근 삶의 저변과 주변
을 훑어내 위태로운 비극의 사태를 독특하게 기록하는 일
을 감행해왔다.

거기에는 물론 여성으로 이 삶을 살아내야 하는 자의 운명
과 일상에서 필패하고 마는 순간들이 흘려보내는 고통을 고
유한 시적 체험으로 환원해내는, 언어 운용자의 비상한 재
능이 자리한다. 삶이 벗어나려 하고 삶을 벗어나려는 것들,
삶이 배제시키고 삶을 배제하려는 것들, 몽롱한 문으로 삶
을 통째로 밀어넣으려는 온갖 수작들이 그리하여 그의 시에
서 과감히 내쳐진다. 그러나 그 자리가 빈 채로 남겨지는 것
은 아니다. 거기에는 의미의 폭과 깊이가 더해진 '다른' 삶
이 자리하기 때문이다. 이문숙이 자주 기존의 이야기에서
시를 착수하는 데에는 바로 이런 까닭이 있다.

물을 질금질금 머리에 쓴다
뜨거운 물속에 유영중인 개쑥 뭉치
얄팍한 향기에 취해

2천 원짜리 사우나에 가면
전쟁이 끝난지 모르고 덤불 속에
16년 동안 항복을 모르고 산 병사의 이상한 전투

이상한 전선이 형성된다

2천 원 사우나에선 주인에게 미안하여
아무도 뭐라 하지 않지만
2천 원이치의 물만 쓰려는 나와의 전쟁이 벌어진다
감시도 교전도 대치도 없는

적병이 있는지 포복이 있는지 살금살금 내다보는 덤불
그런 병사의 빼꼼한 눈이 좋아서
이 모호한 대치와 열망이
나를 2천 원짜리 쑥 사우나에 가게 한다

하수의 머리칼
수채 냄새가 올라오는 지하 2층
삐꺽거리는 그 계단 소리를 들으면
이상한 전의가 불타오른다

쩔금쩔금 냇물과 놀며 야생의 열매를 따 먹으며
이발도 없이 너덜거리는 군복을 입고
16년을 버틴 어린 병사는
어느덧 중년이 되어 해방을 맞았다 하니
이 이질적인 곳에서 벌이는 전투

종전된 지 16년이 되었는지 모르고 숨어 살았다는
병사의 전의가 2천 원짜리 사우나
낡은 천장에 맺혀 있다고 하니

2천 원 사우나는 밤낮없이
항복도 없이
                                    —「추억은 방울방울」 전문

이문숙은 타자와 자기 자신을 하나로 포개어, 일상에서
벌어지는 사소한 전투를 잘 빚어진 하나의 실패담으로 만들
어낸다. "16년 동안 항복을 모르고 산 병사의 이상한 전투"
는, 비유하자면, 이 시에서 원형의 이야기에 해당된다. 낯선
이야기의 접목은 멋을 부린 기교의 결과가 아니라, 오히려
일상의 "이질적인 곳에서 벌이는 전투" 속에서 "모호한 대
치와 열망"에 사로잡히는 일로 그가 부지런히 삶의 전선을
하나둘 드러내는 일을 감행하고 있다는 사실을 말해준다.
이렇게 "16년 동안 항복을 모르고 산 병사의 이상한 전투"
와 "2천 원짜리 사우나"에 가서 "2천 원치의 물만 쓰려는
나와의 전쟁"이 시에서 서로 호응하여, 묘하게 서로의 처지
를 기이한 방식으로 공유한다. 또한 "어느덧 중년이 되어 해
방을 맞"이한 "16년을 버틴 어린 병사"가 제 기구한 삶에서
품게 된 적의(敵意) 역시, 비록 "감시도 교전도 대치도 없"
지만 이 삶에서 시시때때로 차오르는 나의 전의(戰意)와 어

느덧 하나로 연결된다. 기막히고 고통스러운 사연을 애잔한 영상으로 담아낸 일본 애니메이션 〈추억은 방울방울〉처럼 저 병사의 기구한 이야기가 지금-여기 시인의 삶 속으로 걸어들어오는 매개는 오로지 '물'밖에 없다. 그래서일까? 지금-여기의 성체된 삶이 유동적인 삶으로, 위태롭고 긴장된 순간, 절박한 사태로의 탈바꿈이 오로지 '물'의 유추를 통해 가능해졌다. 이렇게 "병사의 전의가 2천 원짜리 사우나/ 낡은 천장에 맺혀 있다"는 구절에 이르러 우리는 갑작스레, 마치 기습을 하듯 터져나오는 절박함이 다름아닌 바로 삶의 사선을 드러내는 일과 무관하지 않으며, 또한 이 사선이 바로 빼어난 알레고리의 소산이라는 사실을 알아차리게 된다.

읽은 책의 내용이나 방문한 일상의 장소들, 스치듯 본 범박한 풍경이나 우연히 손에 쥐게 된 사물 등 시의 모티프는 매우 다양하다. 이문숙은 자주 어떤 이야기, 사연, 체험에서 시를 시작하지만, 그 갈피는 오히려 삶에서 발생하는 온갖 이질적인 사연을 한곳에 끌어모아 서걱거리는 감정의 결에 몰두하는 일에서 제 방향을 정해두고, 그렇게 안도 밖도, 출구도 입구도 없는 어떤 위험한 공간 속에서 속절없이 무너지거나 곧 다시 일어나, 다시 걷고 뒤를 돌아보거나, 머뭇거리거나 주저앉으며, 타인이 흘려보내는 이상한 소리를 듣고, 컴컴한 삶의 바닥으로 천천히 되돌아온다. 이야기에서 촉발되어, 긴장이 팽배한 지점까지 급박하게 밀고 나가 이상한 비극을 체험하게 하는 시들로 넘쳐난다. 몇 가지 예를 들어보자.

가령 「백색 왜성」은 죽은 별이 아니라 죽기 직전의 별을
의미하는 "백색 왜성"의 과학적 지식에 근거하여 이야기 전
반이 착안된 것으로 보인다. 사라지기 전, 주변에 잔존하던
행성들을 갈기갈기 쪼개어 흡수해버린다는 백색 왜성에 대
한 정보가 이 시에서 이야기의 재료이자 실질적인 출발점이
지만, 이문숙은 이 과학의 지식을 외려 우리의 삶에서 항용
쪼개어져 파멸되는 것들에게 손길을 뻗는 계기로 삼을 뿐이
다. 파쇄된 후 재탄생하는 것들의 고통스러운 이미지는 "사
지 육신을 종이처럼 펴서 밀어넣는" 고양이나 "면도날처럼
씹어 뱉는/ 하늘에서 파쇄되어 나오는/ 자잘구레한 별들"
처럼, 매 순간 안간힘을 쓰며 제 생에서 겨우 살아남는 생
명이나 그렇게 갈기갈기 찢긴 상태에서 존재하는 것들 전반
의 위태로운 모습을 담아내는 매우 효과적인 알레고리로 기
능을 하는 것이다.

「살금살금 전속력으로」 역시 쿠사마 야요이의 예술 세계
와 밀접히 관련되며, 이와 같은 사실은 작품에도 암시되어
있다. 전시회를 모티프로 삼았다는 사실이 매우 자명한 상
태에서조차, 그러나 시는 이 점(點)의 예술가에게 서둘러
오마주를 바치거나 그의 예술 세계를 통한 깨달음을 고지하
는 일에는 도통 관심이 없다. 이문숙은 경탄의 형식에 매혹
되어 성급히 상징과 기원으로 제 발걸음을 재촉하는 일에
전념하기보다 원형이 된 이야기가 현실에서 파편처럼 실존

하는 양상, 그러니까 이 원(archi)-이야기를 제 삶의 비극
적 지평으로 끌어내리고 다시 흩뿌리는, 다시 말해 원-이야
기의 중심을 이탈시키는 고유한 방식을 고안하는 데 오히려
몰두한다. 작품의 마지막 부분이다.

사방에 솟아나는 점들이
점 점 점 점 점 점 시야를 가려

벽도 바닥도 호박도 무너진 천장도
거울도 형광등도
그 아래 깔려버린 손도

나에게 손을 내밀어
점점 파랗게 굳어가며

나 여기,
풀, 사이, 멀리, 살아
살아 있다구!
　　　　　　　　　　　　　—「살금살금 전속력으로」부분

　예술가의 특이성, 즉 원-이야기는, 그러니까 사태를 촉발
시키는 자그마한 계기였을 뿐이다. 이내 변형되고 전이를
겪어 결과적으로 삶의 위태로운 순간들을 사유하는 매개의

역할에 국한되고, 내 삶으로 입사할 자그마한 통로를 내기
위해 열고 또 닫아야 하는 현실의 작은 문이 될 뿐이다. 차
라리 점의 예술이 시인의 삶에서 또다른 삶을 매우 기이한
형태로 펼쳐내고 있다고 말해야 할까. 하나의 고유명사로
만 존재했던, 쿠사마 야요이 고유의 예술 세계는 그 자체
로 경이와 커다란 충격을 주었지만, 이문숙의 시에서 그의
점은 예술가의 고유의 것이라는 저 상징의 구심력을 해체
하고, 점층의 감정을 표현하는 부사로 전이되고, 파편을 강
조하는 일반명사의 단순한 나열로 환원되면서 삶의 호흡을
점점 끌어올리고, 점점 부수어지고 마는 양상, 점점 파멸
로 치닫는 순간들, 점점 굳어져가는 어떤 박탈의 감정을 매
개하는 모티프로 작용할 뿐이다. 중요한 것은 바로 이 '점'
의 알레고리를 통해, 절박한 실존의 목소리를 울려내고 있
는 지금-여기 저 삶의 전선으로 우리가 차츰 이동하고 만
다는 데 있다.

파편의 언어, 사선의 감정들

소설가 위화의 삶과 그의 작품을 모티프로 삼아 "세상을
끊기 위해 망상을 하는 남자"와 "30년 타임 벨을 끊기 위해
이명을 앓는 여자"의, 얼핏 서로 포개기 어려울 법한 이야기
를 한곳에 결집한 작품 「어느 날 발치사는 소설가가 된다」

역시, 아이러니나 놀람을 비극에 연관 짓는 알레고리의 작동 방식은 별반 다르지 않다. "발꿈치를 자르는 어떤 형(刑)에 대해 생각"하며 돌아보게 된 제 삶의 어두운 그림자는 위화의 중편소설 「이 글을 소녀 양류에게」를 반영하는 동시에 시인의 삶을 이접한 결과 주어진 것이기도 하다. 시는 그러나 이와 같은 공존의 양상에만 몰두하지 않는다. 이문숙이 그 과정에서 손에 쥐게 된 "결심과 결락"의 저 위태로운 순간들은 결국 제 삶에 찾아든 매우 고유한 체념의 순간, 하염없이 반복되는 비극의 순간에 대한 강렬한 각성의 상태를 고지하기 때문이다.

이문숙은 말의 층위를 서로 달리하고 이야기를 중층적으로 이접하여 알레고리 하나로 이 모든 이질적인 것을 하나로 집약해내면서 비극을 삶에서 어긋나거나 멀어지는 객관적 대상으로 고정시키는 대신, 오히려 "등을 대고 나란히 걸어"가는 순간과 순간의 계속되는 사건으로 환치하여 그 어떤 희망의 얼굴도 얼씬거리지 않게끔 추상이나 감상의 흔적을 아예 제거해버린다. "결심과 결락"의 반복된 삶과 그러한 삶의 진부함에 배어 있는 비애를 그는 주관성이 가득 적재된 비극의 발화로 백지 위에 끌고 와 각성의 순간을 실현해낸다. 「손톱이 길어진다」 역시 전반적으로 동일한 방식을 취한다. 작품의 일부를 인용한다.

물위에서 침대는 떠돌고

물위에 가로등이 켜지네
청소부는 주홍 조끼를 입고 물결을 쓸어대네
집채를 집어삼키거나 배를 난파시키는
난폭한 파도는 이곳에 없어
임산부들은 뒤뚱거리며 물위를 걷네

  어느덧 대도시로 변한 서울 변두리 어느 한 호수공원에서
펼쳤던 프랑스 거리예술극단 '일로토피(Ilotopie)'의 공연 〈물
위의 광인들〉이 작품의 모티프였을 것이다. 우리가 인용한 대
목은 매우 환상적이지만, 사실에 근거한 정확한 묘사로 여겨
야 하는 이유가 여기에 있다. 초현실로 치달은 저 묘사는 따
라서 고유한 상상력의 산물인 동시에 배우들이 특수 제작된
서핑 보드를 타고 물위를 걷듯이 연기를 하는 실제 장면이기
도 하다. 거대하고 화려한 소품을 효과적으로 사용하고, 강
렬한 사운드와 불꽃 퍼포먼스를 거기에 더해 화려한 이미지
를 뿜어내는 공연의 장면과 장면들, 그러니까 "물위에서" 떠
도는 "침대"나 깜빡거리는 "가로등", "물결을 쓸어내"는 야
광 조끼의 "청소부"는 환상이 아니라 사실이다. 물위에서 달
리던 차가 고장이 나서 벌어지는 해프닝이나 꿈을 꾸듯 잠을
자다 침대에서 기지개를 켜는 여인의 어리둥절해하는 표정을
실현한 실제 공연의 장면들인 것이다. 도심의 호수 위에서 펼
쳐진 저 뛰어난 공연은 시에서 차츰 현실 속으로 밀려들어오
면서, 삶을 주관적인 시선으로 녹여내는 상상력의 원천이 된

다. 물의 상상력에 기댄 저 퍼포먼스의 몽환적 이미지를 시인은 기묘하고 그로테스크한 방식으로 차츰 자기 삶과 주위와 장소로 확산해낸다.

그 방식은 매우 포괄적이며 또한 파편적이다. 우선 가장 먼저 공연이 펼쳐진 곳, 저 "호수가 생기기 전"의 기억으로 향한다. "호수가 생기기 전" "홍수가 난 벌판이었던" 버려진 땅이었던 이곳이 오늘 공연을 하고 축제를 개최할 버젓한 도심의 호수가 되기까지의 일들, 그사이 "물의 조망권"으로 평가받아 각광받는 매물이 되어 투기의 대상이 되기까지 도시에서 실제로 일어났을 법한 일들이 가파른 상상력에 힘입어 백지 위로 하나둘씩 걸어들어오기 시작한 순간은 비극의 참사, 비극의 물, 그러나 아직 수면 위로 올라오지 못한, 누구나 저 부당함을 알고 있는, 아직 물속에 잠겨 있는 저 컴컴한 죽음의 사건이 시에서 묵시록의 목소리로 울려나오는 순간이기도 하다.

"누구나 잊히길 원하"는 사건에 대한 유추는 그러나 어디 먼 곳에서 날아온 이미지나 추상적인 사유에게 의지해 전개되는 것이 아니다. 다양한 인간들의 실로 다양하고 독특한 삶의 순간과 순간이 동시다발적인 공간에서, 과거와 현재, 아직 일어나지 않았지만 현실적으로 가능성을 타진하는 전미래의 시제 속에서 펼쳐진다. 공연의 현장에서, 혹은 공연을 보면서, 이문숙은 '물'이라는 모티프 하나로 공연의 사실적인 장면에 이 사실적인 이미지와 이질적인 것들을 그대로 포개어서 충돌시키고, 예기치 못한 사태를 우리가 살고 있는 삶의 현장에 즉자적으로 비끄러매어 지금-여기로 거칠게 활보하게끔 숨통을 터준다. 이 모든 것이 일시에 '물위의 광인들'이 울려내는 축제의 목소리가 되고, 물위에서 펼쳐진 광인들의 저 넋이 나가 흐느끼는 음성으로 변하며, "아직도 물속에 잠긴 자신"의 모습을 보고 있는 처절한 내면의 함성이 되고, "심지어 목숨까지 내놓고/ 우두커니 물속을 들여다보는 광인"의 무언의 비극적 목소리가 되어, 이구동성으로, 그렇게 동시다발적으로 울려내는, 그러니까 집결되고 응축되어 결국 하나가 되어 터져나오는 희생 제의의 처절한 발화로 변하는 순간은 바로 이때이다.

이문숙은 물의 사건, 물이 삼킨 저 비극을 하루아침에 호수가 되어 "아직도 물속에 잠긴 자신의 논과 집을 들여다보는" 노인의 일화나 호수 위에서 펼쳐진 화려한 공연과 하나로 포개면서, 자신의 시를 "물과 불의 결혼을 보여주기에 가장 적절한 장소"로 부각시키는 매우 어려운 일을 기어이 해낸다. 중요한 것은 이 모든 비극적 목소리의 주인, 그것을 감당하는 주체는 바로 시인이라는 점이다. "이따금 혼자 눈을 뜨는 밤이면/ 물이 이를 악물고 우는 소리"를 듣는 사람은 결국 이야기의 화자 노인도, 광인의 축제에 참가했던 사람도, 공연장의 관객도 아니라 바로 시인인 것이다. 그러니까 이 비극에의 기묘한 경청과 특이한 주시는 이문숙에게 차라리 시인이 할 수 있는 고유한 일, 그러니까 시인의 운명이자 시의 윤리에 가까워 보인다.

　이렇게 본다면, 시에서 모티프가 된 온갖 사건들이나 이야기들을 하나로 결집시키는 알레고리의 효과적인 파편성은 무엇보다도 우선, 이문숙이 빼어난 유추와 상상력의 시인이라는 점을 말해주지만, 거기에는 항상 삶의 윤리와 시의 윤리를 하나로 붙들어매려는 의지가 자리하고 있다고 해야 한다. 시에서 파편들의 일시적 결집을 통한 독창적인 목소리를 터트리는 원인은 바로 이 의지에 있다. 「투어 버스」의 전문을 인용한다.

　　　내가 아는 사람 중에
　　　형천(形川)이란 자가 있다

　　　그는 세상의 모든 전투에 가담하였다
　　　모든 천착 끝에 머리를 잘렸다

　　　눈 없으니 볼 수 없고
　　　입 없으니 말하지 못한다
　　　그래서 젖꼭지를 눈으로 바꿔 달았다
　　　배꼽을 입으로

　　　그는 세계를 섭렵하고
　　　오지를 탐험하고

개털원숭이와 대화도 나눠서
모든 언어에 능통하다 한다
세상의 장광설을 다 되뇔 수 있다고 한다

머리가 없으니 그가 누구인지를 알아보는
사람은 없다
눈과 입 또한 옷 속에 감췄으니
그가 무얼 꿰뚫어 보는지
지껄이는지 알 수 없다

세상에서 가장 번쩍거리는 방패와 도끼를 휘두르는
머리 없는 훤훤장부

무엇을 보든
젖꼭지가 호기심으로 볼록하다
배꼽이 아 하고 벌어진다

그 빛에
긴꼬리여우가 눈 속에서 빙빙 돌다 쓰러졌다
털에 맺힌 얼음이 버석거렸다
마침내 그곳에는 능란한 언어의 유희가 사라졌다

하얀 질료의

무한한 두루마리가 펼쳐져

도시의 첨탑이 솟고
전깃줄이 윙윙거리고
투어 버스가 달리고

이 작품은 천계의 왕 염제(炎帝)의 부하였던 형천(刑天)의 이야기를 모티프로 삼는다. 황제(黃帝)가 제 세력을 점차 넓혀가며 염제를 무찌르자 형천이 홀로 황제에게 도전했다가 겪게 되는 비극적 신화를 시는 부분적으로 차용해와 전개해나간다. 싸움을 포기하지 않자 그는 제 머리를 베이게 되었다. 그러나 그는 현실에서 그 상태 그대로, 젖꼭지를 제 눈으로 삼고 배꼽으로 제 입을 대신하여 살아가면서 왼손에 방패를, 오른손에 도끼를 들고 부박한 현실에서 싸움을 계속하고 있다. '목이 베이다'라는 뜻을 담고 있는 동시에 사람의 이름이기도 한 형천(刑天)을 "형천(形川)"으로 시에서 바꾸어놓은 것은 신화의 흔적을 지워내기 위해서가 아니라, 시의 대상이 일종의 (물)귀신과도 같은 존재라는 사실을 암시하고, 이와 동시에 범박한 이름 함자의 의미도 살려내기 위해서다.

그렇다면 이외에, 이 목이 없는 거인 신화에 견주어 무엇이 변주되었는가? 시 속의 '형천' 역시 지조를 지키며 싸우는 사람이다. 그 역시 머리를 잘리는 형벌을 받았다. 여기까지는 크게 다를 것이 없다. 그러나 "눈 없으니 볼 수 없고/ 입 없으니 말하지 못"하는 그가 "세계를 섭렵하고/ 오지를 탐험하"여 "모든 언어에 능통하다"는 대목에 이르러 신화는 차츰 모습을 감추기 시작하고, 시인이 거인의 운명을 이어받아 자기 싸움을 해나가기 시작한다. 진부한 눈과 입을 버렸다는 것은, 따라서 평범한 현실에서 현실 너머의 것을 보고 말할 수 있는 자격을 갖춘 자가 되었다는 것을 의미한다. 시는 신화와 이 순간, 본격적으로 결별을 한다. 그는 보편적인 언어, 그러니까 모든 방언의 저 시원에 자리한 진실한 언어를 말할 수 있는 자가 되려 한다. 그래서 "그가 무얼 꿰뚫어 보는지/ 지껄이는지" 우리는 좀처럼 알 수 없다. 통념을 지워낸 자리에, 그러니까 "능란한 언어의 유희가 사라"진 저 시원에 당도한 자, 그렇게 오로지 "하얀 질료의/ 무한한 두루마리가 펼쳐"지는 곳에 도착하여 지금—여기에서 저 덜컹거리는 투어 버스를 타고, 윙윙거리는 전깃줄의 소리를 들으며, 뾰족이 솟아난 도시의 첨탑의 풍경을 주관적으로 기록하는 자, 그는 헐거운 비유에도 불구하고 결국 시인이 아닐까? 그는 결국 모든 것을 소진하고자 하는 자이며, 삶의 기척들을 놓치지 않으려는 저 안간힘으로 매일매일 순교의 시간을 붙잡고 오로지 그런 일로 일상을 각성의 순간들로 환원해낸다. 소진하는 인간이라?

언어를 통한, 언어에 의한, '어언'의 탐구

소진하는 인간과 소진된 인간은 같은 게 아니다. '소진된' 이라는 표현은 사실 좀 얄궂기도 하다. 소진하는, 저 자신을 닳아 없어질 때까지 모조리 소진해버리고 그렇게 언어도 소진한다는 말은 언어를 부정하거나 언어의 무용성에 무게를 실어, 백색의 공포를 끌어안는다는 말과 같은 것은 아니다. 이문숙은 차라리 능동적인 소진의 주체가 되려 한다. 그때 그 목소리는 거개가 뜻밖의 사태로 인해 고지되고야 마는 각성에 바쳐진다. 그는 따라서 소진된 상태, 저 누진된 피로에서 새어나오는 나약한 목소리의 주인이 아니다. 오히려 소진하는 인간의 목소리는 처참하기조차 한데, 이는 그로테스크한 상태를 우리의 삶에서 체험하게 해주기 때문이다. 얼음과도 같은 밤이 계속되고 있다. 그렇다. 이번 시집은 이 처참함의 윤리를 (다시) 일깨워준다. 불꽃과 얼음의 기묘한 조화로 삶이 달구어지고, 곳곳에서 비극의 목소리가 터져나온다. 이문숙의 시집은 자기 삶을 진원지로 삼아 여기저기를 방문하고, 그곳이나 그곳 주변을 두드려 깨고, 먼 곳에 삶의 거처를 마련해주며, 그 거처에 감정을 입히고, 타자와 나의 삶을 일시에 깨어나게 하는 일에 바쳐진 그러한 일로 오롯이 소진되고자 하는, 한 인간의 진실되고 아름다운 면모를 감추지 않는다. 자신을 오롯이 소진하려는 이 능동적인 시는 시대의 윤리를 독특한 발화의 산물로 전환해내

는 일에서 시인의 운명을 보고, 길게 드리운 자기의 그림자
로 타인을 감싼다.

　그는 이렇게 "선로에 뛰어든 누군가 육신이 수습될 때까
지 전동차에 단체로 갇혀" 있게 된 상황에서 발생한 "여기
저기 늦는다고 뜻밖의 사고로 동시에 다발적으로 진행되는
한결같은 통화 내역들", 저 복합적인 난리의 신음들에 귀를
기울이며, "영원한 무재해와 안전모의", 그러나 안전하지
않고 재해로 넘쳐나는 세상의 가식과 위선을 "뛰어 뛰어 뛰
어 펄쩍 펄펄펄펄펄펄 푸드덕"거리는 급박한 상황으로 환
원해내며, 출근 시간 지하철에서 보낸 지각 직전의 기이한
순간을 급박한 어조로 담아내는가 하면(「약냉방 칸」), 병원
에서 금지된 담배를 피우는 행위가 어쩌다 간호사에게 발
각된 여인을 고발했다고 오해를 받은 자신의 처지를 그려나
가며, "이미 반은 딴 세상에 가버린/ 기화되는 그녀"의 병
을 앓고 있는 비극적 운명에 눈길을 준다. 고발자로 "아무
런 근거 없이/ 나를 지목하는" 이 흡연자이자 병자인 여인
앞에서 제 결백을 주장해야 하는 기묘한 상황과 급박한 처
지를 "누가 화장실에서 담배를 피피피네요/ 지금 당장 가서
현장을 발발발각하자고"라며, 바로 이 처지에 부합하는 말,
그러니까 그 상황을 가장 적확하게 담아낼 말로 실현해낸다
(「기화 되는 여자」). 이처럼 일상을 벗어나는 법이 없으나
일상을 다른 눈으로 주시하고, 일상을 지배하는 저 비극의
무늬들을 이문숙은 그 상황에 정확히 부합하는 말로 담아내

는 일에서 크게 성공을 거둔다. 물론 시제도 함께 움직인다.

양수가 갑자기 터지면 남편은 당장 달려올까요 주근깨
여자가 묻는다 그런 일은 거의 없을 거예요 그냥 출산 예
정일을 믿어요 예정일은 예정에 불과하다 오지 않아서 언
제 올지 모르니까 가을에 예정된 국화는 벌써 저기 들려
가고 있다.

—「삼각 김밥 속 소녀」 부분

태영미용실은 지하에서 지상으로 이사를 하고 수건들은
고슬거리며 잘 마른다 머리가 갑자기 새까매진 할머니들
이 가지를 말리고 들깨를 털고 토란 줄기를 넌다 이 식물
도 영생을 얻어 재활 센터에 가려다가 요양원에 온다 점
심 식판을 앞에 둔 할머니들이 턱받이개를 두르고 성성하
게 졸아댄다

—「썸머드림」 부분

동네 슈퍼마켓에서 우연히 만나 담소를 나누고 있다. 주
로 출산에 대한 이야기를 주고받는다. 예정일을 묻는다. 예
정일에 남편이 오지 않을 거라는 사실을 충고해주는 여자들
은 경험적으로 그 사실을 안다. "예정"은 현재를 벗어난다
는 사실을 전제한다. 예정은 앞으로 닥쳐올 일…… 그러다
주위를 돌아보니 국화가 배달되고 있다. 이문숙은 "가을에

예정된 국화가 저기 들려가고 있다"라고 이 순간을 적는다.
이 문장은 아직 일어나지 않은 것의 현실적 실현을 고지하
며 예정을 지금-여기에서 실현한다. 이렇게 '전 미래'는 지
금-여기 현실에 미리 앞당겨 죽음을 새겨넣는 하나의 방식
이 된다. 희망을 포기하는 법을 이렇게 지금-여기의 삶에서
그는 순간의 사태로 각인해낸다. 미용실이 지상으로 이사를
했다. 그 앞에 수건들을 널어놓을 수 있게 되었다. 맞은편에
는 미용실에서 염색을 한 할머니들이 모여 찬거리가 될 만
한 야채를 말리려고 한아름 펼쳐놓는다. 야채는 차츰 물기
를 잃어 곧 시들어 말라갈 것이다. 죽음의 이미지가 급습하
듯 포개어진다. 예정된 할머니들의 모습, 아니 인간의 필멸
성이 현실에서 갑작스레 실현된다. 우리 모두는 결국 말려
진 가지처럼 물기-생기를 잃을 것이며, 쭈글쭈글해진 토란
의 줄기처럼 점점 말라갈 것이고, 어느 날엔가 모두 요양원
으로 발걸음을 옮길 것이다. "턱받이개를 두르고 씽씽하게
졸아"대는 저 "점심 식판을 앞에 둔 할머니들"의 행위는 미
래의 어느 시점에서 행해진 것인지, 지금-여기에서 연차적
으로 취해진 행동인지가 묘연한 상태를 시에 결부시키며 균
열을 만들어내고, 결과적으로 현실의 불화, 현실의 이질감,
생명을 잃고 사라져가는 모습의 알레고리가 되어 시의 시제
를 복합적 해석의 영역으로 끌고 간다. 이문숙은 "이 불화
를 당신께 바칩니다"(「썸머드림」)라고 말함으로써 현실의
어긋난 자잘한 이음매들, 예상에서 어긋난 것들을 표현해내

는 독특한 시제에 시적 알리바이를 부여한다. 이때 언어의 논리적 운용에 자그마한 금이 가기 시작하고, 바로 그 균열만큼 그 균열에 부합하는 발화 속에서, 이문숙은 불화하는 일상과 비극적인 삶을 살며시 넣어둔다. 그는 이러한 방식으로 이 삶에서 가능한 것을 두 손에 쥐고서 아직 실현되지 않은 것을 능동적으로 소진하는 주체를 시에 불러내며, 그의 시적 발화는 이렇게 진력을 다해 스스로 바닥까지 가려는 의지와 에너지 하나로 이 삶에서 바쁜 걸음을 재촉하며, 삶의 사선을 드러내는 일에 몰두한다.

　　얼음은 늘 미끄럽고
　　나는 언제나 사물의 뒷전이 궁금한 지배인
　　유추와 상상력만으로 나는 이곳을 다스린다
　　　　　　　　　　　　　　　　　―「냉동된 악기」 부분

　　기계의 도움 없이 순수하게
　　설계 같은 것도 물론 없이
　　끌과 망치, 톱과 자귀
　　뜨거운 입김과 불꽃만을 사용하리라

　　(……)

　　세번째 방에는 햇볕을 끌어들여 종이를 태우듯

138

불똥이 튀는 정오의 빛만을 끌어모아
조그만 구멍을 만든 뒤,
그것을 진원지로 조금씩 균열이 가기 시작하는 것을
기록하여 보여주리라
얼음의 바늘을 이용하여 한 땀 한 땀
기억의 망각 곡선처럼 둥그렇게
　　　　―「처음 투숙한 물고기가 터뜨린 첫 숨」 부분

　현실과 유착된 시에서 각성의 순간을 일시에 토해내듯 그
는 시를 쓴다. 이 각성의 시간은 추상적이지 않다. 현실에서
미끄러지는 모든 것, 유동하여 잡히지 않는 모든 것, 나의 삶
에 들러붙어 있지만 아직 드러나지 않은 잠재적인 것을 하나
로 끌어모아 날카로운 "얼음의 바늘" 같은 언어로 "한 땀 한
땀" 이어나가며 그는 망각에 대항하는 시간을 궁리한다. 이
문숙은 이렇게 시라는 노동의 방식에 대해 근본적으로 사
유하게 만들고, 결국 "뜨거운 입김과 불꽃"과 같은 문장들
로 각성으로 이르는 삶의 통로를 제 시에 열어 보이려고 한
다. 이것은 추상적인 시론이 아니다. 삶에서 지어올린 시
적 각성의 순간이며, 이러한 순간은 "언제나 지연되는 사
물들"(「톱상고래의 시간」)의 양태를 붙잡고, "만류와 매료
사이"(「달팽이관」)를 오가며, "난기류가 부딪치는 마음의
울돌목"을 "불락거리는 말들을 중얼거리"(「발원지를 되돌
릴 수 없이」)는 순간을 적실하게 표현해내고, 나일 수 있는

것과 나인 척하는 것, 내가 할 수 있는 것과 내가 할 수 있었던 것들, 내가 되고 싶은 것을 모두 끌어안으려는 욕망, 실현되지 못하고 마는 추체험의 실천(「나연(然)을 찾아서」)을 통해, 언어를 한없이 풀고 또 조이기를 반복하면서, 삶의 곳곳을 방문하고, 소진되고자 하는 과정에서 찾아온다.

　　그는 "권태의 춤"을 추는 "괴어(怪魚)들"(「처음 투숙한 물고기가 터뜨린 첫 숨」)이나 "머릿속에서 끓어넘치는 하얗고 텅 빈" 상태에 이르러, 저 뉘엿뉘엿 넘어가는 붉은 노을 너머 "저녁을 더듬거리며 오는 흰 지팡이"(「산후안의 날」) 하나에 의지해 생의 표면에서 살짝 들어올려진 것들, 조금 거칠고 까끌한 순간들, 살짝 부유하고 있는 일상을 적시하고, 파편과 같은 이 상황을 그러모아 특이한 감정의 공간을 일구어낸다. 그는 "이 이름의 주인은 어떤 타자일까"(「치매 학교」)라는 물음을 들고, "얼음을 이어 붙이는 불꽃"(「얼음을 이어 붙이는 불꽃이라니」)과도 같은 삶, 저 삶이 벼랑 끝으로 간 곳에 도달하여 비로소 열리는, 차갑고 치열한 삶과 이 시대를 가득 채우고 있는 비극을 처절하고도 고통스러운 목소리로 담아낸다. 또한 "그 그녀 어릿광대 교수 사기꾼 평론가 교열인 불한당 파락호 기타 등등"이 나에게 "주입"(「사려니숲」)한 통념이나 고루한 문법에서 과감히 탈출하고자 끊임없이 시도하며, 그는 "언어와 어언 사이를 탐구"(「깰 '파' 자는 너무 강해요」)하는 일에 전념하는, 그러니까 어느 순간의 특성(어언, 즉 於焉)을 적시해내는 발화를 고안하여, 자기 언어가 깨지는 파멸조차 감수해내는 지점까지 제 시적 언어를 밀어붙인다. 이문숙은 "흰눈새이다가 새매이다가 매올빼미이다가/ 결국 흰눈새매올빼미로/ 통합되는 이름"(「흰눈새매올빼미」)으로 시를 통해 이 범박한 삶의 지형을 재편하는 일에 사활을 걸고, 대롱거리며 매달려 있는 절명의 순간들을 두 발로 직접 찾아 나서며, 바로 그러한 일로 각각의 파편적인 경험들을 모아 고유한 하나의 사태로 되살려낸다. 이러한 사태들의 교집합으로 커다란 합집합의 밑그림 하나를 만들어내어 결국 공집합, 그러니까 결여와 결핍, 기화와 소멸의 순간들에서 각성의 목소리를 울려내는 시를 우리는 자주 보았다고 말하기는 어려울 것이다.

소진의 힘과 각성의 윤리

각성의 순간은 어떻게 찾아오는가? 이 삶을 모두 소진할 정도로, 그러니까 머금고 삼키고, 끌고 밀고, 이접하고 연결하고, 내부로 달려가고 외부를 바라보고, 곁으로 끌고 오고 곁에서 밀어내고, 궁리하고 상상하고, 방문하고 되돌아나오고, 걷고 또 걷고, 묻고 또 대답하고, 탐구하고 또 주시하고, 고민하고 두려워하는, 바로 그렇게 한 다음에야 비로소 열리는 어떤 순간들이, 이문숙의 시를 읽고 난 다음 우리에게 다가오게 될 각성의 순간, 즉 각성의 목소리를 울려낸다. 이문숙의 시에서 문장과 문장이, 이미지와 이미지가 충돌할 때 튀어오르는 파편과 같은 지점들은 거개가 이야기에서 착수되었지만, 어느덧 이 삶에 깊이를 더하고, 지독한 고통의 숨결을 불어넣으며, 망각에 대항하는 각성을 궁리하는 일에 오롯이 바쳐진다. 이렇게 그가 서로가 서로에게 덧대면서 접점을 모색하는 저 파편의 일시적 그러모음과 분출로 매우 빼어난 알레고리의 시를 선보일 때, 누더기가 된 현실의 독특한 공점(共點)으로부터 비극의 기류가 일시에 집결되고, 이 사회에 차고 넘치는 슬픔이 자주 화답을 하는 저 모양새로부터 고통의 목소리가 우리의 삶에 점점이 뿌려지며, 결국 공동체의 비극을 사유하게 한다. "침몰하는 배의 절박한 조난 신호를 감지한/ 그의 젖가슴이 해저에 닿"을 때까지, "연일 실종자 수색이 떠들썩한 이 나라에서 제가/ 그 누군가에게 수유를 했"다고 결국 말할 수 있을 때까지, "바다 위 하얀 부표들의 유방"이 저 "뽀얀 젖줄기가 바다로 뻗어"(「하얀 부표」)나갈 수 있는 저 순간까지, "철썩이는 파도를 피해/ 가파른 계단으로 허겁지겁/ 그러다가 저도 모르게 건물의 경사면을 타며 올라간/ 어느 가파른 낯선 곳에" 힘겹게 당도하여 "무한대로 펼쳐진 파란 칠판들"과 "그 위의 빼곡한 글씨들"을 떠올리며 위태롭게, 비틀거리며, "파랗게 질린 바다"(「팥빙수 기계가 드르륵 빙산을 무너뜨리기 전」)로 다시 발걸음을 옮길 때, 그가 분노와 고통과 슬픔과 정념을 기록하려 여기저기 발걸음을 분주하게 옮기면서 스스로

납득한 다음에야 비로소 찾아오는 말들로 삶의 고통들을 하나씩 소진시켜나갈 때, 이 시대의 잃어버린 것들, 이유를 묻지 못한 채 망각의 무덤으로 향하도록 종용받은 것들이 각성의 형식으로, 비극의 사건으로, 우리를 방문하고 우리의 삶과 삶의 조건을 변화시키려 할 것이다. 이번 시집에서 비극에 바쳐진 일련의 시를 우리는 바로 각성의 비극, 비극의 각성의 목소리로 읽게 될 것이다.

앞에서 우리는 이문숙의 시를 소진하는 인간의 발화라고 말했다. 이에 관해 부기해둘 것이 있다. 그저 소진되는 것이 아니라 능동적으로 소진하는 인간은, 무언가를 전부 소모하여 지친 인간이 아니다. 그는 자기 자신을 걸고 일상의 구석구석을 쉴새없이 두드리고 방문하면서 언어와 이야기를 아낌없이 써버려, 결국 희미하기만 한 이 삶의 전선을 드러내는 일에 전념하는 정념의 소유자이기 때문이다. 아직 실현되지 않은 것들이, 풀려나오지 않은 이야기들이, 고통과 상처의 순간들이, 능동적으로 소진하려는 그의 의지에 붙들려 발아되기 시작할 때, 비극을 각성하는 목소리 하나가 우리의 삶에서 크게 울려나온다. 그의 언어는 결코 닳아 없어지는 법이 없다. 소진하는 인간은 끊임없이 사유하는 인간, 사유하고자 하는 인간이며, 삶이 머금고 있는 잠재성과 기이한 것들의 사연을 유추와 상상력에 기대어 우리 곁에다가 풀어놓는 일에 전념하지만, 자기 자신을 지우고 모조리 덜어내어 텅 비게 된, 마냥 지친 인간이 아니라 불가능한 것을 가능한 추체험의 산물로 전환하여, 위로받을 수 없었던 것을 위무하고, 발화될 수 없었던 것에 주관성의 입을 달아주며, 생기를 잃고 시들어가는 온갖 것에 예의를 갖추고, 잠시 옷깃을 저미게 하는 윤리적인 인간이다.

이 윤리적인 인간은 삶의 사선을 드러내고 삶의 사선에 직접 서는 인간이다. 이문숙의 시는 자주 병원에서 삶의 비애를 엿보고, 망자가 된 자들, 저 물 위에 제 젖줄을 제공하려 부표 하나를 꽂아놓고, 차가운 얼음 같은 세계에 잠시 웅크리고 기다리며, 하나의 정체성으로 포괄되지 않는 세계를 지금-여기에 포개놓는 일에서 삶의 비극, 저 비극의 기원을 순식간에 폭로하는 각성의 목소리로 일상에서 꿋꿋이 삶의 윤리, 시의 가치를 찾아 나선다. 자기 정체성의 완고함을 부정하는 순간, 할 수도 있었던 일, 해야만 했던 일, 할 수 있는 일이 한곳에 결집되어 울려내는 비애의 목소리, 그 순간순간의 각성의 울음을 우리는 그의 시집을 통해 듣게 될 것이다. 거기에는 개인의 체험을 이 세상의 끝 간 곳으로 밀고 나가려는 우직한 힘과 정직한 의지, 슬픔을 주시하는 눈 밝은 언어가 있다. 진지한 성찰보다는 성찰의 전시와 탐구의 과시가 보다 풍성해진 지금-여기의 삶, 이 허기진 비극이 과장되게 부풀어올라 과욕과 비만의 자취를 보란 듯이 드러내고 있는 이 시대에, 그는 어떤 일에 대해 그것이 가능하지 않다고 말하는 대신 일시에 접촉되는 순간들을 붙들고 자신이 고갈되고 소진될 상태까지 힘껏 밀어붙이고, 불화를 일으키

는 접촉의 체험들을 마다하거나 회피하지 않아 결국 삶에서
고유한 비극의 불꽃을 뿜어내는 당당한 저 파편 같은 말의
주인이 된다. '어언'과 '언어'의 사이에서 가능한 세계, 점차
특수해지며 가능해지는, 점차 가능해지면서 특수해지는 어
떤 순간을 표기하는 말로, 그는 지금도 삶의 전선을 드러내
고, 삶의 전선에 서고, 삶의 전선에서 싸우고 있다.

이문숙 1991년 『현대시학』을 통해 등단했다. 시집으로 『한
발짝을 옮기는 동안』 『천둥을 쪼개고 씨앗을 심다』가 있다.

— 문학동네시인선 089
무릎이 무르팍이 되기까지
ⓒ 이문숙 2016

— 초판 인쇄 2016년 12월 25일
초판 발행 2017년 1월 5일

지은이 | 이문숙
펴낸이 | 염현숙
책임편집 | 김민정
편집 | 도한나 김필균
디자인 | 수류산방(樹流山房)
본문 디자인 | 유현아
마케팅 | 정민호 박보람 이동엽
홍보 | 김희숙 김상만 이천희
제작 | 강신은 김동욱 임현식
제작처 | 영신사

펴낸곳 | (주)문학동네
출판등록 | 1993년 10월 22일 제406-2003-000045호
주소 | 413-120 경기도 파주시 회동길 210
전자우편 | editor@munhak.com
대표전화 | 031) 955-8888
팩스 | 031) 955-8855
문의전화 | 031) 955-3576(마케팅), 031) 955-8865(편집)
문학동네카페 | http://cafe.naver.com/mhdn

ISBN 978-89-546-4387-0 03810
값 | 8,000원

* 이 도서의 국립중앙도서관 출판예정도서목록(CIP)은 서지정보유통지원시스템 홈페이지
(http://seoji.nl.go.kr)와 국가자료공동목록시스템(http://www.nl.go.kr/kolisnet)에서
이용하실 수 있습니다. (CIP 제어번호 : CIP2016030018)
— * 이 시집은 2014년 한국문화예술위원회 지원금을 수혜하였습니다.
www.munhak.com

문학동네